家事代行のアルバイトを始めたら学園一の美少女の家族に気に入られちゃいました。

塩本
イラスト／秋乃える

「え？　……東條さん？」
大槻晴翔
Haruto Otsuki
東條綾香
Ayaka Tojo

「もしかして……
同じクラスの……
大槻君？」

「なるほど、可愛すぎるのも大変ですね」
「おねえちゃん？顔赤いよ？」

「ッ!? あ、暑いからよ! 早く家に帰りましょ!」

つまりこれは、また手を繋ぎたい
という事なのだろうか？
と、晴翔は綾香の意図を想像し、
試しに自分の手を返して、
彼女と掌を合わせてみる。

するとすぐに、綾香から
ギュッと晴翔の手が握られる。

Contents

家事代行のアルバイトを始めたら学園一の美少女の家族に気に入られちゃいました。

塩本

GA文庫

カバー・口絵　本文イラスト
秋乃える

家事代行アルバイト始めます

大きく広がる青空に、遠くにそびえる入道雲。

夏の暑さを倍増させるような蟬《せみ》の大合唱が、開け放たれた教室の窓から休む事無く飛び込んでくる。

「明日からの夏休み、浮かれすぎて事故とかに遭遇しないように気を付けろよ」

担任教師はそう言い残して教室を後にする。

担任が教室から去り、放課後に突入した途端、生徒達の雑談は蟬の鳴き声よりも騒々しくなる。その声は、夏の暑さに負けない程に熱を帯び、そして弾《はじ》ける様である。

生徒達は自分の席から立ち上がり、仲の良い友人のもとに移動したり、周りの人達と休みの計画を楽し気に語り合う。

そんな中、一人の男子生徒が窓際の最後列の机に腰を下ろす。

「ハルは休みなんか予定あんのかぁ～？」

机に腰を下ろした男子生徒は、椅子《いす》に座る人物に向けて言う。

「ん？　まぁ、勉強かな」

「おいおい！　それマジで言ってんのか⁉」

「俺《おれ》が親友のお前に嘘《うそ》をつくと思うか？」

　机の主である、ハルと呼ばれた男子生徒が椅子の背もたれに寄り掛かりながら、机に座る親友を真面目《まじめ》な表情で見上げる。

「昨日、宿題を見せてくれって言ったら、やってないって言われた。あと、一昨日《おととい》は学食の日替わりメニューが肉だったのに魚って言われた。それと、先週の木曜……」

「分かった。俺が常日頃《つねひごろ》からお前に嘘をついていた事を認めよう」

　降参する様に両手を上げるハルと呼ばれた男子生徒。

「で？　夏休みの予定はあるのですかい？　大槻晴翔《おおつきはると》さんや？」

「だから勉強ってさっき言っただろ？　我が親友の赤城友哉《あかぎともや》さんや」

　机の主である男子生徒、大槻晴翔は先程と同じ言葉を繰り返す。

　それに対して机に腰を下ろす男子生徒、赤城友哉は暫《しばら》くの間を開けた後、晴翔が冗談を言っている訳では無いと判断して、驚愕《きょうがく》の表情を浮かべる。

「え？　ええッ⁉　ちょ！　おま、マジで⁉　俺ら高二だぜ？」

「そうだな」

「じゃあ、やる事は決まってるよな？」

「勉強だな」

「なんでやねんッ!!」

大袈裟《おおげさ》な叫び声を上げながら、お笑い芸人さながらの突っ込みを入れる友哉。そんな親友の反応に、晴翔は苦笑を浮かべる。

「友哉も知ってるだろ？　俺が目指してるところをさ」

「いやまぁ、そうだけどよ……」

晴翔の言葉に一応は頷《うなず》く友哉であるが、納得はいかないらしく尚《なお》も食い下がろうとする。

「常に勉強してても疲れて効率上がらないだろ？　たまには息抜きも必要だぜ？　例えばさ……」

友哉は途中で言葉を区切り、騒々しい教室を見渡す様に視線を動かす。そして、その視線はある一点で停止した。

「クラスの女子とプールや海に行くとか」

「東條《とうじょう》さんを誘おうとしているなら、お前一人で頑張れ。俺はパスだ」

晴翔は親友の視線の先にいる女子生徒をチラッと見た後に言う。

「お前！　薄情だぞ！　そんな簡単に親友を見捨てていいのか!?」

「安心しろ。玉砕してメンタルがズタボロになったお前を親友として俺がしっかりと慰めてやるから」

「玉砕前提かよ！」

抗議の声を上げる親友を無視して、晴翔はもう一度、友哉が見ていた女子生徒の方に目を向ける。

東條綾香《あやか》。それが女子生徒の名前である。

彼女はいわば学園のアイドルという存在だ。日に当たると亜麻色に輝く綺麗《きれい》な髪は癖《くせ》が無く、まるで美しい絹糸の様に背中の中程まで伸びている。そして、彼女が顔を動かす度にまるで重力が無いかの様にサラサラと動く。

顔立ちは、それこそ本当に芸能人やアイドルなのではないかと疑ってしまう程に整っている。たまに、芸能事務所に所属しているなんて噂《うわさ》が流れてくるが、それが本当だったとしても驚かない程に美少女である。

そしてスタイルも完璧《かんぺき》である。その抜群のプロポーションは、男性のみならず女性すらも虜にし、視線を釘《くぎ》付けにしてしまいそうな程の魅力をはらんでいる。

「なぁハル～、お前東條さんを誘ってくれよ～」

「なんで俺が誘うんだよ。お前が誘えよ。そして砕けろ」

「玉砕前提やめろって。しかしまぁ、俺が声を掛けてもダメな事は明らかなのは認める」

「お前がダメなら俺もダメだろ」

「いいや！　ハルには可能性がある」

力強く首を横に振る友哉に、晴翔は目を細め、訝《いぶか》しむ表情を浮かべて言う。

「認めたくはないがお前は顔がいい。そのお前がダメなら俺も希望無しだ。諦《あきら》めろ」

「確かに俺はイケメンでお前はフツメンではある……いてッ！　おいハル、暴力は良く無いぞ」

「すまん、心の底から湧《わ》き上がる衝動を抑える事が出来なかった」

「ハルさんや、中二病は女子ウケ良く無い……悪い悪い、俺が悪かったからその拳《こぶし》を下ろしてくれ」

晴翔は親友の脇腹《わきばら》にめり込ませる予定だった拳を渋々解き、その手の平に自身の顎《あご》を乗せジト目で友哉を見上げる。

晴翔の無言の催促に、友哉は話を続ける。

「いいか？　東條さんには今まで多くのイケメンが告白をしてきた」

我らがアイドル東條綾香は、この学校に入学してから今に至るまで、それはそれは沢山の男達に交際を申し込まれていた。

各部活のエース達をはじめ、女子人気の高いイケメン男子達、生徒会長や風紀委員長達。しまいには、他校の生徒までもが告白の為、校門前まで押し寄せる始末である。

しかし、その誰《だれ》もが良い返事を彼女から得られる事は無かった。

東條綾香に告白した者は皆、例外なく首《こうべ》を垂れ肩を落とし、哀愁漂わせながら彼女に背を向けて去っていく事になる。

「様々なタイプのイケメンを斬《き》り捨ててきた東條さんを見て俺は思ったんだ」

「斬り捨ててって……」

学園のアイドルを辻斬《つじぎ》りの様に言う親友に、晴翔は呆《あき》れた表情を浮かべる。

「東條さんはイケメン好きじゃないのでは？　となｌ」

「いやいや、今までに告った奴《やつ》の中にはそこまでイケメンじゃない奴も結構いたぞ？」

彼女にアタックした猛者《もさ》達の全《すべ》てが、顔の整った者達という訳じゃない。中には、東條に対する熱い恋慕の情のみで勝負に挑んだ男子生徒も玉砕している。

「確かにな。でもだ、お前は今まで倒れてきた男どもとは決定的に違う点がある！　それは……」

友哉は勿体《もったい》ぶった様にためを作った後、ビシッと晴翔を指差して宣言する。

「お前は学年トップの成績を誇っているってところだ!!」

「ふ〜ん」

友哉の言葉に、晴翔は興味無さそうに頬杖《ほおづえ》を付いたまま気の無い返事をする。

「東條さんはきっと見た目よりも中身重視の人なんだよ。だからイケメンじゃないお前にも可能性は十分にある」

「いや無いだろ」

友哉の言葉を晴翔はバッサリと否定する。ついでに彼の脇腹に拳もめり込ませる。

鉄拳《てっけん》を喰《く》らって悶絶《もんぜつ》している親友を横目に、晴翔は東條綾香へと視線を向ける。

彼女の周りには女子生徒しか集まっていない。男子生徒はというと、東條を中心とする女子生徒の輪の外側から、様子を窺《うかが》う様にチラチラと視線を向けているだけである。

「そもそも東條さんは男に興味が無いって可能性もあるだろ？」

あんなにも美人で、多くの男達からアプローチを受けているのに、浮いた話が一つも無いという事は、そのような可能性も皆無ではないはずだ。

「いやぁ、まさか……それはそれでアリだな」

顎に手を当てて神妙な面持ちで頷く親友に、晴翔は呆れた表情を浮かべる。一体何がアリなのか、友哉の言動が理解出来ない晴翔は、机の脇《わき》に掛けていた鞄《かばん》を手に取って帰り支度《じたく》を始める。

「なんだよハル。もう帰っちゃうのか？」

「あぁ、このまま教室にいても、やる事無いしな」

「いいのか？　いま帰ると次に東條さんのご尊顔を拝めるのは始業式の時になるぞ？」

「ご尊顔って、東條さんは女神様かっての」

「最早《もはや》それに近いものはある」

大真面目な表情で頷いている友哉を無視して、晴翔は椅子から立ち上がる。

「マジで帰っちゃうのか？　東條さんに声掛けなくていいのか？」

「今日はスーパーでバーゲンやってるんだよ。俺は手の届かない女神様よりも、安売りされる食材の方が大事なんだよ」

「なんだよそれ。お前は主婦か」

笑いながらツッコんでくる親友に、晴翔はふと何かを思い出した様な顔をする。

「そういえば、今年の夏休みは勉強以外にやる事あったわ」

教室の外へ足を運びながら放った晴翔の言葉に、友哉が「おっ？」と反応を示す。

「なんだ？　やっぱり遊びに行くのか？」

「いや、短期バイト」

晴翔の返答に友哉が興味を示す。

「へぇ～なんのバイトやんの？」

「家事代行サービス」

「そんな短期バイトあるんだな」

「たまたま求人サイト覗《のぞ》いてて見つけたんだよ」

晴翔は友哉と話しながら教室を出て、そのまま二人並んで廊下を歩く。

「家事代行って晩飯とか作るやつ？」

「そうそう、あと掃除とか買い物とかも頼まれればやる感じだな」

廊下の先にある階段を下りながら、晴翔が夏休みに行う短期バイトについて話す。

「そっか、それってまだ募集してんの？　俺もやろっかな」

「お前は家事代行を頼む側だろ」

「あはは、確かに」

晴翔の言葉に友哉は笑い声をあげる。

晴翔は何度も友哉の部屋に遊びに行っているが、彼の部屋が片付いている状態なのを一度も見た事が無い。しかも、遊びに行く度に散らかり具合が酷《ひど》くなっていくので、見かねた晴翔が堪《たま》らず彼の代わりに部屋を掃除したのも一度や二度ではない。最近では、部屋の掃除をさせる為に家にお呼ばれされているのではないかと疑ってすらいる。

「まぁ、そういう事だから、夏休みは勉強とバイトだな。この夏で大学に行く為の資金をガッツリ稼がないと」

そう言いながら、晴翔は下駄《げた》箱から外靴を取り出し、上履《うわば》きから履《は》き替える。

「なんと色気の無い、つまんねぇ夏休みだな」

友哉も上履きを履き替え、外靴の爪先を地面にトントンと叩《たた》きながらぼやく。

「やっぱり今からでも教室戻って東條さんを誘おうぜ？」

「だから、それはもう諦めろ。そんな事してたらバーゲンに間に合わなくなる」

校舎の外に出ながら言う晴翔の言葉に、友哉は「はぁ～」と盛大に溜息《ためいき》を吐《つ》く。

「来年の夏休みは受験を控えてるから、思いっきり遊べる夏は今年が最後だぜ？　いいのかそんなんで?」

学園のアイドルに対して未練たらたらな親友に、晴翔は校門を潜《くぐ》りながらニヤッと笑みを浮かべて言う。

「諦めろ親友よ。お前も俺と一緒に勤勉と勤労にまみれた一夏を過ごそうぜ」

グッと親指を上げる晴翔に、友哉は堪らず天を見上げて叫んだ。

「そんな青春はイヤだぁぁーー!!」

※

夏の暑さは夕方になっても弱まる気配を見せず、蟬達の騒々しい鳴き声が住宅街に響く。晴翔は汗が滲《にじ》んでべた付く制服のシャツの胸元《むなもと》を摘《つま》み、パタパタと扇ぎながら自宅の玄関の扉を開ける。

「ただいまぁ～」

帰宅の挨拶《あいさつ》と共に靴を脱ぎ、家に上がると廊下の奥から一人の人物がゆっくりとやってきた。

「お帰り晴翔」

「ただいまばあちゃん。ほらこれ、今日のバーゲンの戦利品」

晴翔は片手に持っていた袋を少し持ち上げ、誇らしげな表情を浮かべる。その袋の中には、今日の戦利品である、合い挽《び》き肉と玉葱《たまねぎ》が入っている。

「挽肉《ひきにく》は百グラムで百十八円。玉葱は五個入りで二百九十八円だったよ」

「おやおやまぁまぁ、凄《すご》い人だかりだったでしょう?」

　袋を受け取りながら、心配そうに祖母が言う。

「主婦がどれだけ強い存在かを思い知らされたよ」

　格安食材の確保という使命に燃える世の主婦達は、若さと体力を兼ね備えた高校男児に勝るとも劣らないポテンシャルを秘めている。

　下校途中、真夏の昼下がりに、主婦という最強種族に揉《も》みくちゃにされた記憶を思い返して、晴翔はその顔に渋面を張り付ける。

「大変だったねぇ。それじゃあ今日の夕飯はハンバーグにしようかね」

　孫の奮闘を労《いた》わりながら、献立を提案する祖母の言葉に晴翔の表情は一瞬で輝く。

「ばあちゃんのハンバーグを食べられるなら、俺は毎日でも主婦と戦えるよ!」

「そうかいそうかい。それじゃあ手を洗ってうがいをしてきなさい」

「うい」

　晴翔は祖母に返事をして洗面台に向かい、うがい手洗いを済ませた後、一旦《いったん》和室へと向かう。

　和室の壁際には仏壇が供えられていて、そこには三枚の遺影が飾られていた。

「父さん母さん、あとじいちゃんも、ただいま。今日から俺は夏休みだよ」

遺影に手を合わせながら、晴翔は静かな声音で言う。

「今年の夏休みはさ、バイトやる予定なんだ」

手を合わせたまま、晴翔は遺影に向けて話し掛ける。

「あ、でも勉強を疎《おろそ》かにするつもりはないし、道場にもちゃんと顔を出すから。じいちゃん、そこは安心していいよ」

現在、大槻家には晴翔と祖母の二人しか住んでいない。

彼は幼い頃に交通事故に遭遇している。その事故で両親を失い、幸いにも命が助かった晴翔は、母方の祖父母に引き取られた。

幼くして両親を失った晴翔が将来生活に困らぬよう、祖父母は彼を甘やかす事無くきっちりと躾《しつ》けながら育てた。

精神的に不安定になり引っ込み思案になり掛けていた晴翔を祖父は空手道場に通わせ、身体《からだ》と共に精神を鍛えさせた。

そんな祖父は、彼が中学に上がるときに他界してしまった。

いま晴翔が引っ込み思案にならずに、ちゃんと自分に自信を持てているのは、祖父が道場に連れて行ってくれたからだと彼は心の底から思っている。

祖母は、晴翔が将来一人になっても困らないように掃除洗濯、料理等の家事炊事を徹底的に叩き込んだ。

そのおかげで、今の彼は大抵の事は一人で出来る様になり、家事代行サービスのアルバイトが出来る程にまで家事スキルを身に付ける事が出来た。

「さてと、ばあちゃんの手伝いに行くかな」

晴翔は合わせていた手を解き台所に向かう。

これまでの祖母の教育によって、料理の腕はかなり上達したと自負している晴翔ではあったが、やはり師匠である祖母の味にはまだまだ及ばない。

少しでもその味に近づく為、晴翔は日々祖母と一緒に台所に立ち、技や感覚を盗むよう心掛けている。

「ばあちゃんが作るハンバーグは絶品だからなぁ」

噛《か》んだ時に溢《あふ》れ出る、旨味《うまみ》の凝縮されたハンバーグの肉汁《にくじゅう》。それが口の中に広がった時の事を想像して、晴翔は思わず溢れ出しそうになる涎《よだれ》を飲み込み台所に向かった。

※

夕飯を食べ終えた晴翔は、自室の机に向かい合って参考書を広げる。

「はぁ～ばあちゃんのハンバーグは至高すぎる……」

勉強をする姿勢を取っているものの、今の彼は夕食の余韻に浸っていて、ペンが動き出す気配はない。

　暫くぼーっとしていた晴翔だったが、やがて我に返り「いけない、いけない」と軽く首を振って参考書に真剣な表情で向き合う。

　それから一時間程集中して勉強に勤《いそ》しんだ晴翔は、区切りの良いところでペンを置き、大きく伸びをする。

「うぅ〜ん、そろそろ風呂《ふろ》にでも入ろうかな」

　祖母は最近腰が悪くなってきた為、お風呂掃除は彼の仕事である。

「あまり遅くなると面倒臭くなるからな」

　一旦勉強を切り上げてお風呂場に向かおうとした時、机の上に置いていたスマホがヴーヴーと震えた。

「ん？　友哉からか」

　画面に表示される赤城友哉の表示を確認した晴翔は、スマホを手に取り画面中央に表示されている赤い電話マークをタップする。

「もしもし、どうかしたか？」

『おっす。なんかハルの声が急に聴きたくなってな』

「そうか。じゃ、キモいから切るぞ」

　速攻で通話を終了させようとする晴翔に、画面越しに慌てた声が聞こえてくる。

『ちょちょちょ！　冗談だって冗談！　ちゃんと話があるんだって！』

「なら最初からその話をしろよ。いきなりキモい事言われて耳もげるかと思ったわ」

『それはそれで酷くね？　さっきのも半分は本気だってのに』

「んじゃあな。休み明け学校で会おうぜ」

『すまんって！　もうふざけないから！』

　慌てる親友の声に、晴翔はフッと口元に笑みを浮かべながら机に頬杖《ほおづえ》を突く。

『俺らが帰った後に起きた学校での面白《おもしろ》いイベントの話、お前も聞きたいだろ？』

「面白いイベント？　何かあったのか？」

　親友の友哉は友好関係が広く、学校で発生したイベント事や噂なんかの情報が、よく彼の耳に入ってくる。そうした情報を友哉はちょくちょく今回の様に伝えてくる。

『それがよ。お前三年の皆藤《かいどう》先輩って知ってるか？』

「あ〜……テニス部の人だっけか？」

　晴翔は少し時間をかけて、友哉の言った皆藤先輩という人物を思い出す。

　朧《おぼろ》げな彼の記憶では、その皆藤先輩という人物はテニス部のエースで、実力はプロにも匹敵《ひってき》する、みたいな話を聞いた事がある。実際に卒業後は有名メーカーとプロ契約を結ぶなんて噂もあり、今の内に皆藤先輩の彼女になれば、将来は玉の輿《こし》に乗れる可能性が高い。そんな事をクラスの女子達がテンション高めに話していたような気がする。

『そうそう、その皆藤先輩がさ、東條さんに告ったらしいぜ？』

「へぇ～それで？」

晴翔は友哉の話に若干興味を失いながらも、取《と》り敢《あ》えず続きを催促してみる。

東條綾香への告白。

これは晴翔達が通う学校では、定期的に発生するイベントで大して珍しいものではない。それにこのイベントは、必ずと言っていい程に結末が決まっている。

『興味ありませんの一言でバッサリ』

「だろうな」

予想していた通りの結末に、晴翔は興味なく返事をする。

東條綾香はどんな男に告白されても首を縦に振らない。晴翔の頭の中で、彼女のイメージはそんな感じになっている。

『まぁ、その辺はいつも通りなんだけどよ。今回はその告白するまでが凄いんだって』

「手の込んだシチュエーションだったのか？」

これまで東條綾香に挑んだ歴代の男達は、何とかして彼氏の座を手に入れようと様々な告白を行ってきた。中には結構奇抜な告白があったりして、そういったものは学校のゴシップとして生徒達の道楽話のネタになっている。

『手の込んだっていうか、今回のは大胆って感じのやつだな』

「全校生徒の前で公開告白的な感じか?」

『最終的な形はそうだな。その前にまず、皆藤先輩は校内放送で東條さんを校庭に呼び出したんだよ』

「うわぁ……」

思わず引いた声を上げてしまった晴翔は、校内放送で告白の呼び出しをされた東條に同情する。

『しかも皆藤先輩の告白が付き合ってくださいじゃなくて、婚約してくれだったらしいんだよ』

「婚約って……皆藤先輩、ヤバくね?」

『な、しかも婚約指輪も用意してたらしいぜ』

「うわぁ……」

本日二度目のドン引きをする晴翔。

まだ高校生なのに婚約って時点で有り得ないのに、そこに更に婚約指輪を用意するとか、もはや正気の沙汰《さた》とは思えない。

これは、元々の皆藤先輩が思考回路のぶっ飛んでいるヤバい人物だったのか。はたまた、高校生にプロポーズを決心させてしまう東條綾香の魅力が罪深いのか。晴翔には判断がつかなかった。

『フラれた皆藤先輩は三十分間その場から微動だにしなかったらしいぜ』

「まぁ、そうなるわな。もし俺が皆藤先輩なら、その場で白装束《しろしょうぞく》に着替えて切腹してる」

　校内放送での呼び出し。そして、全校生徒の前で婚約指輪付きのプロポーズ。そこまでしてフラれたとなれば、想像しただけで晴翔の体は小刻みに震え出した。

『やっぱ東條さんの心を動かせるのはお前しかいないいな』

「だから、ねーよそれは。つかそんな話聞いた後に、東條さんに話し掛けられる程俺は勇者じゃゃない」

『なんだよ意気地なしめ。ま、つっても学校始まるまでは東條さんに会う事も無いからな。休み明け期待してるぜ』

「変な期待してんじゃねーよ」

『第二の皆藤先輩になれるのはお前しかいない！』

「それダメなやつじゃねぇかよ！」

　親友への突っ込みと共に晴翔は通話を終了する。

　友哉からはすかさず、やたらと凛々《りり》しい表情をした猫が敬礼をしているスタンプが送られてくる。取り敢えず晴翔は、マッチョなウサギがアッパーで相手の顎を打ち抜いているスタンプを送り返した後、お風呂を沸かすべく机から立ち上がった。

　東條綾香という女子生徒は、晴翔にとっては時折こうして友との会話の話題に上がる程度の存在であり、それ以上の存在になり得る事は決してない。
夏休みが始まった当初、晴翔はそう思っていた。
家事代行サービスのアルバイトを始めるまでは。

初めてのお客様

夏休みに突入して三日目。

晴翔《はると》は、とある豪邸の前に立っていた。

「うわぁ……初めての仕事がセレブ相手とか……」

ゲンナリとした表情でボヤく晴翔。

今日は初めての家事代行サービスの出勤日。彼は自分の身嗜《みだしな》みをチェックして問題が無いことを確認すると、若干緊張で震える指先でインターフォンのボタンを押す。

『……はい』

「あ、家事代行サービスの者です」

思いのほか若い女性の声がインターフォンから聞こえてくる。

晴翔は表情を引き締めて、緊張で声が上擦らない様に気を付けながら、丁寧な口調を心掛ける。

『はい、いま玄関開けます。ちょっと待っててください』

インターフォンの声の主《あるじ》がそう言うと、扉の向こう側から僅《わず》かに人が動く気配が伝わってくる。

晴翔は緊張で速くなる鼓動を落ち着かせるように、小さく息を吐き出す。

やがてガチャリと玄関の扉が開き、家事代行サービスの依頼主が姿を現す。

「家事代行サービスをご利用頂き誠に有難うございます。わたくし、本日の家事代行を担当させていただく大槻《おおつき》と申しま…………す」

丁寧に頭を上げながら、マニュアル通りの挨拶《あいさつ》をする晴翔。

その頭を上げた瞬間、彼は一瞬言葉を失ってしまい挨拶の最後に変な間が生じてしまった。

「え？　……東條《とうじょう》さん？」

初めての仕事の依頼主は、なんと晴翔が通う学園のアイドル、東條綾香《あやか》その人だった。

その事があまりにも衝撃で、晴翔は思わず彼女の名前を口に出す。

それを聞いて東條もハッとした表情で晴翔の顔を見る。彼女は少しの間、訝《いぶか》しむ様に晴翔を見た後、確認するかのように口を開く。

「もしかして……同じクラスの……大槻君？」

「えっと……そう、です」

「え？　……なんで？」

そう疑問の言葉を口にすると、彼女は警戒する様な眼差《まなざ》しを晴翔に向ける。

おそらく東條は、晴翔が自分に近付く為に家事代行サービスをやっているのではないかと疑っているのだろう。

もしこれが他の女子ならば、何をコイツは自意識過剰になってんだ？　と晴翔は思ったかもしれない。

しかし、目の前にいるのは学園のアイドルである。

校内放送で呼び出しをされてしまう様な彼女ならば、そのくらいの警戒心は抱いてしまっても当然なのかもしれない。

「あ～……俺《おれ》がダメなら他の方に担当を代える事も可能ですよ？」

晴翔は東條の警戒心を悟って提案する。

「変更する場合、少しお時間を頂く事になりますので、当初にご希望されていたサービス時間よりも少し短くなってしまいますが」

東條からの依頼内容は三時間コースで、キッチン周りの掃除と夕飯の支度となっている。

「てっきり女の人が来るかと思ってた……」

「あはは、すみません……」

彼女の小さな呟《つぶや》きに、晴翔は苦笑を浮かべながら平謝りする。

晴翔が所属する家事代行サービスは確かに女性の割合が多い。しかし、少数ではあるものの男性のスタッフも何人か在籍している。

一応、所属する家事代行サービスのサイトには所属者一覧が顔写真付きで載っていて、家事代行を依頼する際には女性スタッフ希望等の要望も出せる様にはなっている。だが、どうやら東條はその辺の事を見逃していた様である。

「それで、担当を変更なさいますか？」

晴翔が再度問いかけると、東條は少し頭を下げて悩む仕草を見せた後、首を小さく横に振った。

「ううん、そのままで。家事代行お願いします」

「え？　変更……いいんですか？」

てっきり担当を代えるものだとばかり思っていた晴翔は、予想外の返答に少し戸惑う。

「大槻君は、私目当て……じゃ無い、でしょ？」

「それは当然、違いますけど」

「だったら大丈夫。上がって」

東條はそう言って玄関の扉を少し大きめに開いて、晴翔を家の中に招き入れる。

「えっと……それじゃあ、宜《よろ》しくお願いします」

晴翔は思いがけない展開に戸惑いながら東條家の玄関を入る。

「……失礼します」

軽くお辞儀しながら晴翔は持参したスリッパに足を通す。

「キッチンはこっちだから。付いて来て」

そう言いながら東條はスタスタと廊下を進んでいく。その後ろを付いていきながら、晴翔は感心して廊下を見渡す。

廊下ながッ！　てか広ッ！　さすがは豪邸。

そんな事を思いながら廊下を歩いていると、突き当たりにたどり着き、そこの扉を東條が開けて中に入っていく。

「えっと、ここがリビング。で、キッチンはその奥にあるから」

晴翔は初めて見る豪邸の内装に、口をポカンと開けて惚《ほう》けてしまった。

自分の家の居間の二倍、いや三倍はありそうな広々とした空間には、高級そうな家具がセンス良く配置されており、壁には大型テレビが掛けられている。

そして、その奥にはダイニングスペースとアイランドキッチンが備え付けられていて、最新調理家電が棚に並べられていた。

「すげぇ……」

こんなに高級感があっておしゃれなリビングダイニングは、恋愛リアリティショーでしか見た事が無い。

「……大槻君？」

ぼけっと突っ立ったままの晴翔に、東條が怪訝《けげん》な表情をする。晴翔は慌てて取り繕い、東條に今回の依頼内容について確認する。

「この度は家事代行サービスをご利用頂き誠に有難うございます。改めまして、今回担当させて頂きます大槻で御座います。宜しくお願い致します」

マニュアル通りの文言を言いながら、晴翔はお辞儀をして東條に名刺を差し出す。

「わぁ、名刺なんか持ってるんだね」

晴翔から名刺を受け取りながら、東條は感心したようにその名刺を眺める。

「今回、東條様より承っておりますご依頼は、三時間コースで御座いますが、お間違えなかったでしょうか?」

「え? あ、うん。間違いないよ……というか、同じクラスメイトなのに、様ってなんか変な気分」

「クラスメイトでも、いまの東條様は大切なお客様で御座いますので」

そこはキッパリと答える晴翔。

今目の前にいる彼女は、クラスメイトや学園のアイドルである前に、お客様である。晴翔はそのお客様にサービスを提供する対価としてお金を貰《もら》うわけなので、そこはきっちりとケジメを付けなくてはいけない。

それに、東條にとってもその方が気が楽だろう。

今まで散々、学校の男子から言い寄られてきた彼女からしたら、今回の件を引き合いに言い寄られるのではないかと警戒し続けるよりも、キッパリと客として対応された方が安心するはずだ。

晴翔は、あくまでも事務的な口調を崩さずに話を続ける。

「それではこれよりサービスを開始致しますが、何か事前にご要望等はありましたでしょうか？」

「うーと、要望ではないんだけど、あの……ちょっとキッチンを見て貰ってもいいかな？」

東條は少し恥ずかし気にしながら、晴翔をキッチンの前に連れてくる。

「これ、私じゃなくて弟がやったんだけど、こんな状態でも掃除を任せちゃってもいいのかな？」

戸惑いがちに言う東條の視線の先には、見事に散らかったキッチン周りがあった。

おそらく、ホットケーキらしきものを作ろうとしたのだろう。シンクやその周りの床には、白い粉が散乱していて、コンロ周りにはホットケーキの生地が飛び散ってカピカピに乾いている。極め付きはフライパンで、半分炭と化したホットケーキの残骸《ざんがい》が鎮座していた。

その他にも、シンクの中にはボールやお皿などが散乱して、卵の殻も排水溝ネットに絡《から》まっている。

晴翔は、カオスな状況になっているキッチンをパッと見渡した後に、すぐさま営業スマイルを浮かべる。

「問題ありません。全《すべ》て綺麗《きれい》な状態に掃除いたします」

「ほんと？　ありがとう助かる」

東條はホッとした表情を浮かべる。

「それじゃ、私はリビングの掃除をしてるから、何かあったら言ってね」

そう言ってキッチンから立ち去ろうとする東條に、晴翔は営業スマイルを保ったまま言う。

「リビングの掃除も宜しければ自分がやりましょうか？」

「え？　そこまでお願いするのは悪いような……」

「いえ、それが仕事ですのでお気になさらず」

「そう……ならリビングの掃除もお願いしちゃおうかな？」

「承りました」

少し迷いながらも、東條は晴翔にキッチンとリビングの掃除を依頼する。

「あ、掃除機はそこの収納棚の中にあるから」

東條はリビングの入り口の隣にある細長い扉を指さす。豪邸というものは収納スペースも豊富なようだ。

「それじゃあ、私は自分の部屋にいるから何かあったら部屋をノックして。私の部屋は廊下の階段を上がってすぐの左の扉だから」

東條はそう言い残すと「それじゃあお願いします」と小さく頭を下げ、そそくさとリビングから出ていく。

彼女がリビングから姿を消し、階段を上がるような足音が聞こえてきたところで、晴翔はまるで水面から顔を出したかのように息を吐き出した。

「だぁ～……緊張した……」

呼吸を整える様に晴翔は軽く深呼吸をする。

なんで東條さんが家事代行頼んでるんだ？　てか、東條さんって金持ちお嬢様？　初耳なんだけど？　つーか、初めて間近で東條さん見たけど、可愛《かわい》すぎだろあれは。

緊張状態から解放された晴翔の頭の中には、次から次へと疑問や思考が溢《あふ》れ出てくる。

今まで晴翔は、東條綾香という女子生徒に興味を示してこなかった。別に彼が女性に興味が無い、という訳ではない。

漫画雑誌にグラビア特集があれば、無意識にページをめくる速度が減速するくらいには健全な高校男児である。

ならば何故《なぜ》、晴翔は今まで学園のアイドルに興味を示してこなかったのか。

それは、晴翔の性格が他の男子生徒よりも幾分か達観しているというのが、理由の一部かもしれない。しかし、一番の大きな理由は彼には明確に目指しているところがある、という事だろう。それを実現する為にも、高嶺《たかね》の花である彼女に現《うつつ》を抜かして、無駄な時間を消費している場合ではなかったのだ。

「まさか東條さんがこんな凄《すご》いお嬢様だったとは……」

呟きながら、晴翔はこれから掃除するキッチンとリビングをざっと見渡す。

パッと見たところ、キッチン周りはカオスな状況だが、リビング等はそこまで酷《ひど》く汚れている様には見えない。フローリングや絨毯《じゅうたん》の上に細かい埃《ほこり》や髪の毛が落ちていて、棚等の上に軽く埃《ほこり》が溜《た》まっているが、掃除機を掛けて軽く拭《ふ》き掃除をすれば綺麗になりそうだ。

「まさかの東條さんで気が動転したけど、大切な初めてのお客様だからな。気合い入れていこう」

腕捲《うでまく》りをしながら晴翔は気合いを入れる。

チラッと壁に掛けられている時計を見ると、現在の時刻はちょうど午後三時。ここから三時間で掃除と夕飯作りを完了させる。

「にしても、東條さんの弟さん、豪快にキッチン汚しすぎじゃね？」

悲惨な状態になっているフライパンの中身を見ながら、晴翔は苦笑を浮かべる。

キッチンをこんな状態に仕上げるとは、東條の弟は絶望的なまでに家事スキルが無いのか、もしくはまだ小さい子供なのか。

この惨状を晴翔に見てもらった時の東條も、さすがに恥ずかしそうにしていた。

「恥ずかしがる東條さん……可愛かったな」

普段の学校生活ではお目にかかれない彼女の表情に、晴翔は少し表情がニヤけてしまいそうになる。

更に、普段お目にかかれないといえば、東條の私服姿も晴翔にとってはとても新鮮なものであった。漫画雑誌のグラビアで胸が強調されているポージングを見ると、人目を気にしながらも凝視してしまうくらいには健全な高校男児である晴翔。そんな彼にとって、先程の彼女の服装。淡くゆったりとしたロングTシャツに白のショートパンツというのは、かなりグッとくるものがあった。

「東條さんって、スタイル抜群なんだな……」

普段は遠目に制服姿の彼女をチラッと見るだけなので、細かい所は分からなかっただけに、先程の彼女の姿がなかなか晴翔の脳裏から離れない。

「ダメだ！　彼女は大切なお客様だ。しっかり仕事しろ俺」

声に出して邪念を振り払う晴翔。

彼は煩悩と戦いながらも、祖母直伝の掃除スキルを活かし、東條から依頼されたキッチン周りとリビングの掃除を進めていく。

掃除を開始してちょうど一時間が過ぎ、壁掛けの時計が十六時になる頃《ころ》。晴翔は煩悩を捨て去る為に徹底的に集中して掃除を行ったおかげで、キッチン周りは汚れがすっかり無くなり、シンクはそれ自体が輝きを放っているのではないかと錯覚する程にピカピカになった。リビングも埃一つ無い状態となっている。

「ふぅ、掃除完了っと」

達成感に満ちた顔で、晴翔は綺麗になった部屋を見渡す。

すると玄関の方から、ガチャッと扉が開く音が聞こえてきた。それと同時に、元気な男の子の声が響いてくる。

「ただいまぁ～」

帰りの挨拶に続いて、ドタドタという足音が廊下の方から響く。

晴翔が何かを考え行動に移す暇もなく、リビングの扉が勢いよく開け放たれる。そこから姿を現すのは、保育園の年長さんくらいの年齢の男の子。

その男の子は、キッチンのところで立ち尽くしている晴翔の姿を捉《とら》えて硬直する。

「…………」

「…………」

無言で見つめ合う晴翔と男の子。

数秒間の沈黙の後、晴翔は自分が怪しい者ではないと説明しようと口を開く。

「あの、自分は家事――」

「おねぇちゃーーーーん!!　家にドロボーがいるよッッっっ!!」

説明しようとする晴翔の声は、男の子が放った大絶叫によって掻《か》き消されてしまった。

男の子は大声を上げながら、すごい勢いで踵《きびす》を返し廊下を猛ダッシュする。

「ドロボー!　おねぇちゃん!　ドロボー!」

「ちがッ！　ちょっと！　俺は泥棒じゃない‼」

晴翔は慌てて男の子の後を追いかけながら、必死に訂正を試みる。

しかし、男の子の耳には全く届いていないようで、彼は「ドロボー！」と繰り返しながら階段を上がろうとする。

「涼太《りょうた》。なに騒いでるの？」

男の子が階段の一段目に足を掛けた時、騒ぎを聞きつけて部屋から出てきた東條が階段の上に姿を現す。

「おねぇちゃん大変だよ！　家にドロボーがいるよッ‼」

「はぁ、はぁ、ごめん東條さん。この子が俺を泥棒と勘違いしてるみたいで……」

男の子は後ろに追いついた晴翔を指差しながら、東條に必死に訴えかける。対する晴翔は、犯罪者になって堪《たま》るものかと超ダッシュをかました後の為、息絶え絶えに状況を説明する。

「ぷふっ」

そんな二人の様子が、東條には面白《おもしろ》く映ったのだろう。彼女は口に手を当てて小さく噴き出した。

「おねぇちゃん？」

姉の様子に首を傾《かし》げる男の子。東條は階段を降りて、男の子の肩にそっと手を添える。

「あのね涼太、この人はね泥棒さんじゃないよ」

「え？　ドロボーじゃないの？　じゃあだあれ？　おねぇちゃんのカレシ？」

「ぶふッ」

男の子の発言に、晴翔は思わず噴き出してしまう。そんな彼とは対照的に、東條は至って冷静に弟の勘違いを訂正する。

「彼氏でもないよ。この人はね、家事代行サービスの人だよ」

「かじだいこう？」

姉の説明に男の子は首を捻《ひね》る。

「私達の代わりに、お掃除やお料理をしてくれる人なんだよ。分かった？」

東條の説明に男の子はコクンと頷《うなず》く。

「ごめんね大槻君。この子は私の弟の涼太。まだ幼稚園生で細かい事が分からなくて」

「あ、いえ。誤解が解《と》ければ自分としては何も問題ないです」

頭を下げる東條に晴翔はそう答えると、しゃがんで東條の弟――涼太と視線を合わせる。

「涼太君。さっきは驚かせてごめんね。俺は大槻晴翔、よろしくね」

笑みを浮かべながら手を差し出す晴翔に、涼太は最初よりは幾分か警戒心を解いて彼の手を握り返す。

「さっきはドロボーって言ってごめんなさい」

ペコッと頭を下げる涼太に、晴翔は少し驚く。

「涼太君、凄くいい子だね」

晴翔は隣に立つ東條に言う。

この年齢で自分の過ちに気が付いて、それを誰《だれ》かに言われる前に謝るというのは、なかなか簡単に出来る事じゃない。

晴翔に褒められ、少し表情を緩ませる東條は照れ隠しの様に少し困った顔を作る。

「でも凄くヤンチャで、玩具《おもちゃ》もすぐ散らかすし」

「元気があっていいじゃないですか」

東條は笑みを浮かべたまま、弟の頭を撫《な》でる。

それを見た晴翔は、仲の良い姉弟だなと頬《ほお》を緩ませる。一人っ子である彼は、兄弟というものに少し憧《あこが》れを抱いていた。

「あ、そうでした。掃除が終わったので一度確認してもらってもいいですか？」

東條の弟である涼太の登場で、晴翔は忘れかけていた仕事を思い出す。

「もう終わったんだ。早いね」

そう言いながら東條はリビングに向かう。そして、掃除された部屋を見て目を見開いた。

「え？　すご……ピカピカだ」

埃一つ無いリビングに、まるで鏡面仕上げを施したかの様に綺麗なテーブルやシンクなどの水回り。さながらモデルハウスの様なリビングダイニングに、東條は小さく口を開いて感心する。

「掃除につきまして、何かご不満や要望がありましたらお申しつけください」

少し誇らしげなドヤ顔を浮かべながらも、マニュアルにある通りに対応する晴翔に、東條は首を横に振りながら答える。

「いやもう完璧《かんぺき》。不満点なんてこれっぽっちも無いよ」

東條は、カオスな状態から見事元通り綺麗に復元されたキッチン周りや、埃が一切《いっさい》ない棚やテーブルの上を見て、ただただ感心する。

「うわぁ、大槻君って掃除得意だったんだね」

「ええ、まぁ。そうじゃなければこのアルバイトは選んでないので」

「あそっか、そうだよね」

「すごーい！　お部屋がピカピカだよ！　キッチンも元通りになってる！　ねぇ、おねぇちゃん!!　すごいねッ!!」

涼太が綺麗になったキッチンやリビングにテンションが上がったらしく、ドタドタと音を立ててリビングやキッチンの周りを走り回る。

そんな涼太の行動に、晴翔は『掃除したばかりなのに埃が舞ってしまう……』と内心思いながらも、満面の笑みを見せる無邪気な子供の行動を止めるのは気が引けて、ただ笑みを浮かべて眺めるだけになってしまう。

「こら涼太。せっかく大槻君が掃除してくれたのに埃が舞うでしょ」

しかし、東條はしっかりと姉の役割を果たし、弟の行動を窘《たしな》める。

注意を受けた涼太も「はーい」と素直に応じて走るのをやめる。

そんな光景を見て、晴翔は思わず声が漏《も》れた。

「東條さんはいいお姉さんだね」

「え？　そうかな？」

「うん、見ててそう思うよ」

「そ、そう？　ありがとう……」

褒められた事が照れ臭かったのか、若干俯《うつむ》き加減でお礼を言う東條は上目遣《うわめづか》いになってい
て、そんな彼女の姿に晴翔は、自分の鼓動が少し速くなるのを感じた。

「おねぇちゃんはね、すごくいいおねぇちゃんなんだよ」

東條の可愛さにあてられ、瞬間的に思考停止に陥《おちい》っていた晴翔のもとに、おもむろに涼太
がやってきて少し誇らしげに言う。

「そうだね。涼太君のお姉さんは凄くいいお姉さんだね。でも、涼太君もとてもいい弟だと思
うよ？」

晴翔はしゃがんで目線を合わせ、涼太の頭を撫でながら言う。

「ほんとうに？　ぼくっていい弟？」

「うん、涼太君はちゃんとお姉さんの言う事を聞けるいい弟だよ」

晴翔のその言葉に、涼太はパァッと表情を輝かせる。

「おねぇちゃん！　ぼくいい弟だって‼」

「そうだね。涼太はいい子だよ」

「えへへぇ」

二人から褒められ、涼太はニヤニヤと幸せそうな笑みを浮かべる。それに釣られて、晴翔と東條も自然と笑顔になる。

「あっと、そうだ。夕食の献立ですが、冷蔵庫の中にあるもので四人前作って欲しいとのご要望ですが」

まるで天使の様な東條の弟に癒《いや》されていた晴翔であったが、ハッと我に返って仕事モードに切り替える。

「一度、冷蔵庫の中を確認させて頂いても宜しいでしょうか？」

晴翔は祖母の教育の賜物で、和食から洋食そして中華と一通りの料理は作る事が出来る。しかし、食材が無ければどうする事も出来ない。もしも食材が足りない場合は、買い出しに行かなければならないのだが、これも家事代行サービスの業務の一環である。

「あ、えっと……ちょっと散らかっちゃってるけど、どうぞ」

「では、拝見させて頂きます」

少し恥ずかし気に了承する東條に、晴翔は若干の後ろめたさを感じつつも、これは仕事だと割り切って冷蔵庫の扉を開く。

「えーと……卵と牛乳、玉葱《たまねぎ》に人参《にんじん》、キャベツ……お、挽肉《ひきにく》もありますね。牛豚の合い挽《び》きか……」

晴翔は冷蔵庫の中を確認しながら、見つけた食材で作れる料理の候補を脳内に幾つか挙げていく。

「すみません。調味料や香辛料も確認したいのですが」

「それなら、ここの引き出しに入ってるよ」

そう言って、東條は調理台下の引き出しを開ける。

「おぉ！　こんなに豊富な種類が！」

その引き出しには、晴翔の想像以上の調味料や香辛料が入っていた。

「粗挽き胡椒《こしょう》に花椒《ホアジャオ》、八角《はっかく》、カルダモンにグローブ、おぉ、ローリエもあるしジンジャーパウダーにシナモンスティック！　これは……ナツメグか」

料理を嗜《たしな》む者として、豊富な香辛料を目の前にしてテンションが上がる晴翔。

そんな彼は冷蔵庫にあったものと、いま確認した香辛料で一つの料理を思い付く。

「夕飯のメニューですが、ハンバーグはいかがでしょうか？」

「ッ!!　ハンバーグ食べたいっ!!」

晴翔の提案に、東條よりも先に弟の涼太が反応する。

「おねぇちゃん、今日の夜ご飯はハンバーグなの⁉」

期待に満ちた表情を向けてくる弟に、東條は苦笑を浮かべながら晴翔に言う。

「今日の夕飯はハンバーグでお願いします」

「畏《かしこ》まりました」

東條の言葉に、晴翔は少し大袈裟《おおげさ》にお辞儀を返すと、それを見ていた涼太が両方の拳《こぶし》を天に突き上げて喜びを爆発《ばくはつ》させた。

涼太のその微笑《ほほえ》ましい反応に笑みを浮かべながら、晴翔は早速夕飯作りに取り掛かる。

ハンバーグはつい先日、祖母と一緒に作ったばかりである晴翔にとっても大好物な料理の一つだ。故に、祖母の絶品ハンバーグを自分でも作れるように、幼い頃からかなり練習を重ねてきた自信のある料理の一つでもある。

晴翔は慣れた手付きでハンバーグ作りを進めていく。

無駄のない動作で料理を進めていく彼の様子を東條姉弟がダイニングテーブルに座りながら観察してくる。『東條さん、今回は自分の部屋に戻らないのか』と思いながら料理を進める晴翔は、玉葱の微塵《みじん》切りをしようと包丁を持つ。その時、ふと視線を感じて顔を上げると、興味津々といった感じでこちらをジッと見詰めてくる涼太の姿が視界に入ってきた。

晴翔はフッと口元に笑みを浮かべた後、少し大袈裟な包丁さばきで玉葱の超高速微塵切りを披露した。途端「うわぁ～！」という涼太の歓声が聞こえてくる。

「大槻君って料理男子だったんだね」

目をキラキラと輝かせる弟の隣で、東條も感心したように言う。

「掃除も完璧で料理も出来るし、大槻君女子力高すぎだよ」

「いまどき台所に立てない男の方が少ないと思いますよ？」

「そうかな？　それにしても大槻君はレベル高すぎだと思うよ？」

「お褒めに預かり光栄です」

弟の涼太だけでなく、東條も興味深そうに晴翔の手元に視線を送る。

二人の観客の視線を感じながらも、晴翔はハンバーグ作りを進める。タネをこねる工程まで来たところで、彼はボールに氷水を作りそこに両手を突っ込んだ。

「……？　なにをやってるの？」

突然の晴翔の謎《なぞ》行動に、涼太は首を傾げる。

「お肉の脂が体温で溶けないようにしてるんだよ」

「あぶらって溶けるの？」

「そうなんだよ。脂が溶けちゃったら美味《おい》しいハンバーグは作れないんだよ」

晴翔の説明に涼太はピンとこないのか、首を傾げたままである。対する東條は「へぇ～」と小さく頷いていた。

晴翔は氷水から手を抜くと、手の水分を拭き取って手早くこね始める。先程までキンキンに冷えた氷水に手を入れていたせいで、彼の手は真っ赤《まっか》になっていた。

「手、痛くないの？」

そんな晴翔を心配して涼太が声を掛けてくる。

「ありがとう涼太君。でも大丈夫だよ。涼太君に美味しいハンバーグを食べて欲しいからね」

晴翔は涼太の優しさに癒されながらハンバーグをこねて、粘り気が出てきたところで四つの塊に分け、それを小判型に広げる。

あとは焼くだけになったところで、晴翔は東條に尋ねる。

「えーと、ハンバーグは四つ全て焼きますか？　それとも二つ先に焼きますか？」

東條から依頼されている夕飯は四人前。しかし、今いるのは綾香と涼太の二人だけ。

おそらく残りの二人前は、ご両親のものなのだろうが、いまだその二人が帰宅してくる気配は無い。作り手の晴翔としては、やはり焼き立てが一番美味しいので、東條のご両親にも焼き立てを召し上がって貰いたいところではある。

「あ〜……うん。そうだね。二つ先に焼いてもらおうかな。でも……」

そう言いながら、東條は少し不安そうな表情を浮かべリビングの壁に掛けてある時計を見る。

今の時刻は十七時半過ぎ。晴翔の契約時間は十八時までなので、いま両親が帰って来ないとなると、残りの二つを焼く頃には晴翔はいない事になってしまう。

「焼き方についてはメモを残しておきますので、その通りに焼いて頂ければ同じような仕上がりになりますよ」

不安を取り払う様に言う晴翔の言葉に綾香は頷く。

「本当に？　それじゃあ焼くのは私達の分だけでお願い」

「畏まりました」

晴翔はフライパンに二つハンバーグのタネを入れて焼き始める。

焼き上がりを待つ間に、彼は並行して作っていたコンソメスープや付け合わせの野菜を皿に盛り付けていく。そしてハンバーグが焼き上がり、ご飯を茶碗《ちゃわん》によそってダイニングテーブルに料理を全て並べたところで、契約終了である十八時となった。

「それでは契約終了となりましたので、自分はここでお暇《いとま》させて頂きます」

調理後のフライパン等を洗い終えた晴翔が言う。

「うん、ありがとう。凄く助かったよ」

東條はテーブルに並べられている料理を見て、感心したように言う。

「本当に大槻君の家事力高すぎ」

「有難うございます。ハンバーグも美味しく作れたと思うので、冷めないうちに召し上がって下さい」

晴翔は綾香にそう言うと、帰り支度を始める。

するとそこに、今まで表情を輝かせて完成したハンバーグを眺めていた涼太が、おもむろに晴翔のもとにやって来た。

「ん？　どうしたんだい涼太君？」

「……バイバイおにぃちゃん。またね」

少し恥ずかしそうにしながらも、涼太は晴翔に向かって片手を振って別れの挨拶をしてくる。その姿が、晴翔の目にはとても可愛らしく映る。彼は自然と笑みを浮かべながら、涼太に手を振り返す。

「うん、またね涼太君」

次また会う事は多分無いだろうなと思いながらも、晴翔は反射的にそう返事をしてしまう。今回は、たまたま東條家に家事代行を依頼されたが、また次も依頼されるとは限らない。むしろ、クラスメイトのアルバイト先だと分かれば、次は別のスタッフを指名する可能性が高いだろう。同じクラスメイトに家の事をやって貰うなど、気まずくてしょうがないはずだ。

「大槻君、玄関まで送るよ」

「有難うございます」

一生懸命に手を振ってくる涼太に、若干の名残惜《なごりお》しさを感じていた晴翔は、東條の申し入れを有難《ありがた》く受け入れる。

「大槻君、今日は本当にありがとうね」

玄関まで来たところで東條が晴翔に頭を下げる。

「いえ、こちらこそ家事代行サービスをご利用頂き有難うございました」

東條にお礼を返す晴翔は「あ、そうだ」と自分の荷物から一枚のチラシを取り出して、それを東條に手渡す。

「あの、もし次回も家事代行サービスをご利用されるのでしたら、定期契約というのも御座いまして」

晴翔は東條に渡したチラシを指差しながら説明する。

「こちら定期契約をされた場合、今回のような単位契約よりも料金の方がお得になっておりますので、次回ご利用の時はぜひ検討ください」

マニュアル通りの営業をする晴翔に、東條は「ふふっ」と笑みを溢《こぼ》す。

「なんか大槻君、セールスの人みたい」

「まぁ、これも仕事ですので」

「クラスメイトにそうやって社会人？　みたいな敬語使われると変な感じがするな。普通に話しちゃ駄目なの？」

「駄目って事はないですけど、まぁ東條様はお客様ですので」

そんな晴翔の返答に東條は苦笑を浮かべる。

「そっか……お客様……か」

「はい。あ、早く戻らないとハンバーグが冷めてしまいますよ?」

「あ、そうだった。それじゃあ今日は本当にありがとうね大槻君」

「はい、またのご利用をお待ちしております」

晴翔は最後にもう一度深々と頭を下げてから東條家を後にする。

顔を上げた瞬間、チラッと東條の顔が見えた時、彼女の表情が残念そうに見えたのは恐らく自分の見間違いだろう。

そう自分に言い聞かせて、晴翔は初めての家事代行を終えて帰路についた。

定期契約

私は物心ついた時から、周りの人達から可愛《かわい》いと言われてきた。

幼稚園の頃《ころ》はよく、他の子の親から「あら、綾香《あやか》ちゃんは可愛いねぇ」と声を掛けられた。

小学校に上がってからは、男の子達から悪戯《いたずら》やちょっかいを頻繁に掛けられた。今になって思えば、あれは男子達が私に寄せる好意の裏返しだったんだと思う。

そんな男子達からの悪戯や嫌がらせも年を重ねるごとに減っていって、中学生になる頃にはほとんど無くなっていた。

そして、代わりに増えたのが告白。

一か月の間に数回は必ず男子から告白された。ひどい時には一週間、毎日告白された時期もあった。

初めて男の子から告白を受けた時、一番初めに私の心に湧《わ》き上がった感情は戸惑いだった。

だって、今までずっと意地悪や嫌がらせをしてきた男の子達が急に「好きです」なんて言ってきても、それは戸惑って当然だと思う。

それに、あの頃から私は、男の子は意地悪をしてくる存在だと思って避けるようにしていたから、一緒に遊んだり会話を交わしたりするような男の子は一人もいなかった。

男子達から受けた告白は、当然全《すべ》て断ってきた。

ろくに人柄も知らないのに付き合うなんて、私には考えられない。両親からも小さい時から『人は見た目じゃなくて中身だ』なんて言われて育ったものだから、なおさらに。

まずは挨拶《あいさつ》などの会話を交わす様になって、それから友達になり、お互いの事を分かってきて惹《ひ》かれて好きになり告白。こういう流れなら、私も受け入れるかもしれない。

でも、私に告白してくる男子は皆「君に一目惚《ひとめぼ》れした！」って言ってくる。

一目惚れを否定するわけじゃないけど、私には理解できない。だから、次から次へと告白してくる男子を全て拒否してた。

そんななかで事件が起きた。

急に仲良くしていた友達から、泣きながら「私の好きな人を取らないでよッ‼」と訴えられたのだ。

一瞬、私は彼女が何を言っているのか理解が出来なかった。

その当時の、というか今もだけど私の友達は女の子しかいない。それに、男の子を避けていた私は、自分から話し掛けるような男子もいない。そんな状況で友達の想《おも》い人《びと》を奪う様な事が出来るはずがない。

その友達は何か誤解している。

そう思った私は、泣いている彼女からどうにかして話を聞き出した。

彼女の話によると、どうやら私に告白してきた男子の中に、その友達の好きな人がいたみたい。

……どうしろというの？

向こうが勝手に告白をしてきたのに。

私はその友達の好きな男子とは一切関《いっさいかか》わりが無かった。それどころか、会話すら一度も交わした事の無い相手だった。

結局、中学を卒業するまでその友達とは疎遠のままになってしまった。

その事件をきっかけに、私は更に男子達とは関わらないようになった。それと、中学生の後半くらいから男子を遠ざけるようになった理由がもう一つある。

それは視線。

中学二年生くらいから、私の胸はどんどん大きくなってきて、それに比例して男子達の視線を以前よりも多く感じる様になった。

大抵はチラチラと横目に見てくる感じだったけど、中にはがっつりガン見してくる男子もいた。そんなネットリと纏《まと》わり付く様な視線を怖く感じた私は、高校生になる頃には軽い男性不信になっちゃってた。

高校生になっても相変わらず告白は後を絶たなかった。

でも、中学の時に起きた事件から学んだ私は、周りの友達に徹底して『私は男子や恋愛にはこれっぽっちも興味ありません』というスタンスをアピールした。

その甲斐《かい》あって、高校二年生になった今でも友人関係は上手《うま》くいってる。

まぁ、青春真っ盛り華の女子高生なのに、友人が全て女子で恋愛の影も形も無い今の状況を世間一般的に上手くいっているとするかは少し疑問だけど。

でも、男子という存在は今の私にとっては災《わざわ》いの元でしかない。

その最たる出来事が、この夏休みに入る直前に起きた。

終業式の後の放課後、友達と夏休みの事で談笑をして、そろそろ帰ろうかなという時に、私はいきなり校内放送で呼び出された。

一瞬、訳が分からずに呆然《ぼうぜん》としている私とは対照的に、周りの女子達はキャーキャーとはしゃいでいた。

どうやら私を呼び出したのは三年生の先輩みたい。

名前は確か……後藤《ごとう》とかだったような気がする。いや、斎藤《さいとう》だったかも？

とにかく私は、その先輩が校内放送なんか使ったせいで、呼び出しに応じなければならない状況になっちゃった。

まぁ、それが相手の狙《ねら》いだったんだろうけど。

私はいまだに多くの生徒が残っている放課後で、羞恥《しゅうち》に耐えながら校庭に行くと、そこには元凶の斎藤……安藤《あんどう》先輩だったかな？　まぁ、その人がいた。
そして、頭がおかしくなっちゃったのか、いきなり指輪を取り出してプロポーズをしてきた。
周りの校舎から告白の様子を見ていた生徒達からは、物凄い歓声が上がっていた。だけど、
私はあまりの恥ずかしさと安藤先輩の非常識さに軽いパニック状態になって「興味ありませ
ん」とだけ伝えて、急いでその場から立ち去っちゃった。
そこからの記憶は曖昧《あいまい》。
気が付いたら家に帰ってきていて、自分の部屋のベッドにダイブしてた。頭の中ではさっき
の伊藤《いとう》先輩の奇行が頭を離れない。
この出来事は絶対に夏休み明けのネタにされる。しかも、今回告白してきた伊藤先輩は結構
有名で、女子の人気が高い人みたい。
何がどう有名で何故《なぜ》女子の人気が高いのか、私は全く知らないけど、一つだけ確かな事はあ
る。そういう男子に告白された後には、一定数の女子から恨まれるという事だ。
夏休みに入る前から、夏休み明けの事を想像して憂鬱《ゆううつ》になる私は、ベッドに突っ伏したま
まスマホを取り出す。そして、連絡アプリを開いて藍沢咲《あいざわさき》と表示されたトークを開き、すか
さず通話ボタンを押した。
しばしの呼び出し音の後、相手と通話が繋《つな》がる。
『もっし～やっぱりくると思ってたよ』

「咲～もうヤダ～学校行きたくないぃ～」

『明日から夏休みだよ』

「ずっと夏休みがいいよ～」

私は小学校からの親友に泣きついた。

「なんなの！　あの遠藤《えんどう》先輩って人！　校内放送で呼び出すとか頭おかしいよ！」

『あははは、校内放送はないよね。あれはマジで綾香に同情したわ』

「今度学校で遠藤先輩を見かけたら私、恨みで睨《にら》み付けちゃうかも……」

『そしたら逆に喜ぶんじゃね？　それと遠藤じゃなくて皆藤《かいどう》先輩な。校内放送告白をしてきたのは』

「そうだっけ？　もう名前なんて覚えてないよ……恥ずかしすぎて先輩の話なんて一ミリも耳に入って来なかったし」

そんな私の言葉に、通話越しに咲の笑い声が響いてきた。

『ぶふっ！　皆藤先輩、可哀想《かわいそう》すぎる。せっかく告白したのに全然綾香に届いてない。はは』

「可哀想なのは私の方だよ！　あの先輩、人気高いんでしょ？　もう絶対に恨み買っちゃうよ……」

『みんな夏休みの間に忘れちゃうかもよ？』

「そうかな？　今回のってインパクト凄くなかった？　だってプロポーズだよ？　指輪付きの」

『あ～まぁ、ね』

私達はまだ高校生なのに。

付き合う付き合わないをすっ飛ばしていきなり婚約とか、本当に意味が分からない。

「あぁ～やっぱり私、女子高に行けばよかったかも……」

『そしたら、わたしとは離れ離れになってたけどね』

「それはいやぁ～」

今の通話相手の藍沢咲とは小学一年生からの親友。これまでの楽しい事や辛《つら》い事は全て彼女と共有してきた。

今では、今回の様な事も気兼ねなく話せる唯一無二の存在だ。そんな彼女と別々の学校に行くなんて私には考えられない。

「ねぇ咲、私と一緒に女子高に編入しよ？」

『無茶言うな』

即答された私は「むぅ」と唇を尖《とが》らせる。

当然《とあ》、私も冗談で言ってるから本気にされると、それはそれで困っちゃうんだけどね。それでも取り敢えず抗議の声は上げておく。

「咲のケチ」

『前にも言ったけどさ、綾香も彼氏作ればいいんだよ』

親友のその言葉に、私は以前に言われた事を思い出した。

あれは私が高校に入学して早々に、三人の男子から立て続けに告白を受けて辟易《へきえき》してた時。

咲が私に「男除《よ》けの偽彼氏を作っちゃえばいいんじゃない？」と提案してきた。でも、そんな事で簡単に彼氏を作れていたら、そもそも告白される事についてこんなに悩む事は無い。

その時の私は、咲の提案を一蹴《いっしゅう》した。

「それは無理だよ。しかも告白されたくないからって理由で好きでもない人と付き合うのは不誠実過ぎない？」

『そう？　でもさ、なんか告白されないように、偶然出会った男子と偽の恋人関係を築くってちょっと恋愛漫画っぽくて良くない？　綾香もそういうの好きじゃん？』

「確かに好きだけど……」

私は咲の言葉に曖昧な返事をしながら、部屋の本棚に視線を向けた。そこにはぎっちりと恋愛漫画が詰め込まれている。

現実で恋愛が出来ない反動が、恋愛漫画の大量購読という行動に繋がっちゃってる。

男や恋愛に興味が無いというスタンスは、あくまで良好な友人関係を築くための防衛策。私だって普通の女子高生なんだから、人並みに恋愛をしたいという願望はある。

『ほらほらいいでしょ？　初めは偽物の恋人同士だったのに気付いたらお互いに意識し合って て、そしてやがては本物の恋人同士に……きゃはっ！　最高‼』

「ちょっと一人で勝手に盛り上がらないでよ」

『という訳で、綾香は偽の恋人を作るしかないと思います！』

「無理だよ～そもそもそんな偽の恋人役をやってくれる人がいないよ」

自意識過剰という訳じゃないけど、私の行動が学校に、特に男子達にどういう影響を与えるのか、多少は自覚しているつもり。

もしも私が特定の誰《だれ》かと、たとえ偽物の関係だったとしても恋人になれば、その人に多大な迷惑を掛けてしまうかもしれない。

『う～ん、わたし的には同じクラスの大槻《おおつき》君が綾香には合うと思うんだけどなぁ』

「大槻君？　それって……あ、テストで学年順位一位の人？」

咲の言う人物を私は記憶の片隅から引っ張り出した。

男子の事を避けているとはいえ、一応同じクラスメイトの名前くらいはちゃんと覚える様に心掛けている。

『そうそうその人。大槻君は綾香と相性いいと思うよ～』

「えぇ～何で？」

『ほら、大槻君って他の男子と比べたら落ち着いた雰囲気でガツガツしてないじゃん？　それになんか紳士っぽい感じするし』

「そう……なの？」

私は普段、学校では女子としか接しないせいで、クラスの男子達がどういう感じなのかほとんど分からない。

『それにさ、彼氏がいると変な男とかが寄ってこなくなりそうだし、何かあったら守ってくれるじゃん？　そうなると親友としてはちょっと安心な訳ですよ』

私は今までに何度か軽いストーカー被害に遭っている。咲はそういう事を心配してるみたい。

「でも、それって恋人じゃなくてボディーガードじゃない？」

『それな』

「もうっ！　ふざけないでよ～」

そう言いながらも私は思わず口元に笑みを浮かべる。やっぱり咲と話していると、嫌なことがあっても自然と心が軽くなる。

「ねぇ、明日一緒にカフェ行かない？」

『お？　いいねぇ、どこのカフェ行く？　夏休みだし新規開拓する？』

「そうだね、それもありかも」

咲と明日のカフェの話で盛り上がっていると、階段の方から母親の声が聞こえてきた。

「綾香ぁー、ちょっとお話があるから下に降りてきてー」

「はーい！　ごめん咲、ママに呼ばれちゃった」

『はいはい、じゃあ明日の予定はまた後で連絡する』

「うん、それじゃあね」

『また後で』

私は通話を終了させると、自分の部屋から出てリビングに向かった。私がリビングに行くと、ママが慌ただしくあちこち移動してた。床に視線を向けると、そこには大きめのキャリーケースが口を開けている。

「あれ？　ママどこかに行くの？」

「そうなのよ。急な出張が入っちゃって」

着替え等をキャリーケースに詰め込みながらママが言う。

私のママは会社を経営している。いわゆる代表取締役というやつだ。だから、時折こうして出張等で家を空ける事がある。場合によっては海外に行くことも珍しくなく、そんなときは一週間くらい家に帰ってこない。

「そうなんだ……今回は長い？」

私は少しテンション低くママに聞く。

ママがいなくなると、この家には私と涼太《りょうた》の二人だけになる。弟はまだ五歳で、一人でお留守番させるには幼すぎる。私が面倒を見ないといけない。

でも、そうなると明日、咲とカフェに行くという予定はキャンセルになってしまう。

「予定は三日間よ。ちょうどパパと同じ日に帰ってこれると思うわ」

「……分かった」

ちなみに私のパパも会社経営者で、今は絶賛出張中。

両親がそれぞれ会社経営者という、とても忙しくて責任が大きいお仕事をしている事に対して、私は心の底から尊敬している。

でもたまに、こうやって仕事でいなくなるのには不満も感じてしまう。

もちろんパパもママも、私と涼太に目一杯の愛情を注《そそ》いでくれているのを感じるし、普段から家族との時間を大事にするように心掛けているのも理解している。

だから、あまり我儘《わがまま》は言いたくないけど、やっぱり不満な感情は少し顔に出てしまう。

そんな私の不満を感じ取ったママが、申し訳なさそうな表情になる。

「せっかく明日から夏休みなのに、ごめんなさいね」

「ううん、仕事だもん。しょうがないよ」

「お土産《みやげ》買ってくるからね。涼太をお願いね」

弟の涼太はきっとお昼寝の最中なのだろう。

親に甘えたい盛りの涼太が起きていたら、きっとママが出張に行くのをグズッて阻止しようとしたはず。本音を言えば私だって駄々をこねてママに甘えたい。でもそれは、高校生であり幼い弟を持つ姉としての立場が許さない。

「うん、家の事は私に任せて、ママは仕事頑張ってきて」

私は、内心に湧き上がる不満をママに見せないように、努めて明るく笑いながら言う。そんな私に、ママは「あ、そうだった」と何か思い出した様に声を上げて、テーブルの上に置いてあった一枚のチラシを私に見せる。

「もし家の事で疲れちゃったら、これを利用してもいいわよ」

「なにこれ？」

私はママからチラシを受け取りながら、その内容に目を通す。

「……家事代行サービス？」

「そうそう、頼めば掃除洗濯、あとはご飯とか作ってくれるのよ。便利でしょ？」

「ふ〜ん」

チラシには『家事代行であなたに有意義な時間を』というキャッチフレーズの下に、サービスの内容やコースの案内とか色々書いてあった。

「へぇ〜買い物とかにも行ってくれるんだね」

「そうなのよ。はいこれ、もし呼ぶならこのお金使ってちょうだい」

そう言ってママは、私に幾らかのお金をくれる。

「え、いいよ。もし呼ぶなら自分のお小遣《こづか》い使うから」

日頃からあまりお小遣いを無駄遣いしない様にしてるから、一回や二回くらい家事代行を呼んでも大丈夫。

だけど、ママは首を振って私にお金を渡してくる。

「これは夏休み初日から家の事をお願いしちゃうお詫《わ》びだから」

「……分かった。じゃあ貰《もら》っとく」

まぁ、別に家事代行を呼ばなければ、そのままお金を返せばいいんだし。

「それじゃあ、もうタクシー来てるから行くわね」

「うん行ってらっしゃい。気を付けてね」

ママはキャリーケースを閉じると、玄関先で待っていたタクシーに乗って出張に行ってしまった。

それを玄関で見送った私は、咲に明日の予定をキャンセルしたいというメッセージを送信する。

——ごめん。両親が出張で家を空けちゃったから、明日のカフェいけないや
メッセージと一緒に、ウサギが大号泣して涙の噴水を上げているスタンプも送信する。

シュポッと送信の効果音が響く度に、私のテンションは下がっていく。

——ありゃりゃマジか。ご両親はいつまで出張なん？

——三日後にパパとママが一緒に帰ってくる

――そっか……わたしが綾香の家に行こうか？

咲の提案に私は反射的に「うん」と送りそうになるが、そこを何とか踏み止《とど》まる。

咲の家は私の家からかなり離れてる。

中学までは私の家のすぐ近くのアパートに住んでいたんだけど、彼女が高校生に上がる直前くらいに、新築一戸建《いっこだ》てに引っ越してしまった。

親友が新しい家に引っ越すという、とてもおめでたい事なのに、その時の私は咲が遠い所に行ってしまうのが嫌で思わず泣いてしまったのを今でも覚えている。

――ううん大丈夫。親が帰ってきたら、そしたら改めて遊びに行こ？

――綾香はそれでいいの？

――うん！　全然おっけー
私はウサギが親指をズビシッ！　と突き出しているスタンプを送る。すると咲からも、クマが腕を使って頭の上で丸を作っているスタンプが送られてきた。

「……はぁ～」

私は堪《たま》らずに溜息《ためいき》を吐《つ》いた。

高校二年生の夏休みは、何とも憂鬱な幕開けになってしまった。

皆藤先輩の告白に加えて、咲と遊ぶ予定のキャンセル。この二つは私にとってかなりの精神的ダメージになっていた。そんな中で、涼太の為にご飯を作り、遊び相手になったりして面倒を見る。そして、その合間に洗濯をしたり掃除をしたりと家事をこなしていく。

両親が出張で不在の三日間、私がしっかりしないといけない。

そう自分自身に言い聞かせて、三日間を過ごした。

でもその最終日、私は精神的な疲れを溜《た》め込み過ぎちゃって、リビングのソファで熟睡しちゃった。

本当は、ちょっと疲れたから軽く横になって休もうと思っただけなのに、気が付いたら深い眠りに落ちちゃっていた。

そんな寝落ちしちゃった私の事を心配して、弟の涼太が私の事を起こさずに、一人でお昼ご飯を作ろうとした。でも、まだ五歳の涼太が一人で料理するのは無謀な挑戦で、案の定キッチン周りは悲惨な状態になっちゃった。

料理に失敗してショボンとする涼太は何度も「ごめんなさい」って謝る。

もとはといえば、弟が心配になる様子を見せちゃった私の責任だから、強く叱《しか》る事は出来ない。

項垂《うなだ》れる弟の姿に、私は頭を撫《な》でて言う。

「涼太が一人でキッチンに立つのはまだ危ないから。今度からはちゃんと私に声を掛けてね？」

「うん……ごめんなさい」

もう一回謝る涼太の頭を優しく撫でていると、ドアの方から「ピンポーン」とインターフォンの音が響く。

「涼太、お友達が来たよ。今日公園で一緒に遊ぶって言ってたもんね」

「うん、でも……」

涼太は言葉を濁してキッチンの方に目を向ける。

きっと、自分が汚したのに遊びに行く事に罪悪感を抱いてるのかもしれない。私はしゃがんで涼太と視線を合わせる。

「キッチンは私が綺麗《きれい》にしておくから、涼太は遊びに行っておいで」

「……いいの？」

「いいよ。ほら、お友達を待たせないで」

涼太はよく近所のお友達と公園で遊ぶ。その時はお友達の親御さんが、しっかりと涼太の事も見てくれているから安心。

私は玄関まで涼太を見送って、お友達とその親御さんに軽く挨拶をした後、再びキッチンに戻って思わず溜息を吐く。

「はぁ～これは辛いなぁ」

涼太に悪気が無かったというのは十分理解している。むしろ、疲れた様子を見せて幼い弟を心配させてしまった私の落ち度だ。

だけど、そう頭では分かっていても、やっぱり精神的や肉体的な疲れはどうしようもないのもまた事実なわけで。

「はぁ～」

体は動かないで、溜息ばかり漏《も》れちゃう。

「がんばれ私！　今日はパパとママが帰ってくるんだから！　あと少し頑張ればいいだけだよ！」

そう、今日の夜にはパパとママが帰ってくる。そうしたら、私は家事から解放されて、自由になれる。

「そうだ、明日は咲とどこかに遊びに行こうかな」

あえて口に出して、私はやる気を出そうとする。でも、なかなか体が動いてくれない。

「うぅ……駄目だ……」

私は項垂れながら、一旦《いったん》キッチンの前から退散して、ダイニングテーブルに腰を下ろした。

そんな私の視界に、一枚のチラシが映る。

それは、ママが出張に行く日に私に見せてくれたチラシ。

「……家事代行サービス、か」

テーブルの上に置きっぱなしになっていたチラシを手に取って、私はもう一度サービス内容に目を通す。

「……呼んじゃおうかな?」

今の私には、家事代行サービスがとても魅力的なものに感じる。

「ママも呼んでもいいよって言ってたし……」

自分を肯定する言葉を呟《つぶや》きながら、私はチラシに記載されていたＱＲコードを読み込む。

そして、家事代行サービスのホームページを開いて、そのまま気付いたら、家事代行を依頼しちゃってた。

「た、頼んじゃった……」

依頼確定のメールを眺めながら、私の中に緊張感が湧き上がってくる。

な、なんか勢いで呼んじゃったけど大丈夫かな？　高校生が依頼しても問題ないよね？

そんな事を考えながら、ソワソワと家事代行の人が来るのを待った。そして、午後の三時になろうかという時に、ついに家事代行が家にやって来た。

それと同時に、私は仰天した。

なんと、家事代行で来たのは同じ学校に通う、同じクラスの大槻君だったのだ。

「え？　……なんで？」

疑問の言葉を口にしながら、私は思わず身構えて警戒心を露《あらわ》にしてしまった。

だって、皆藤先輩みたいな人を見たあとだと警戒してしまうのも当然だと思う。

そんな私の警戒心を察したのか、大槻君は担当を代えますかと提案してくれた。そんな彼の対応に、私は少し安心感を覚える。

大槻君は私の事をお客さんとして扱ってくれている。

その対応には変な下心とかが感じられない。そう思った時、私の頭の中に咲の声が響いた。

『う〜ん、わたし的には同じクラスの大槻君が綾香には合うと思うんだけどなぁ』

咲の言葉に、少しだけ大槻君に興味が湧いた私は、そのまま彼に家事代行をお願いすることにした。大槻君は少し驚いていたけど。

でも、私の判断は正しかったみたい。

家事代行のスタッフさんとしての大槻君は、とても誠実な対応をしてくれた。

途中、公園から帰って来た涼太が大槻君を泥棒と間違えるハプニングがあったけど、それでも彼は気を悪くする事無く、丁寧に涼太と接してくれた。

そんな大槻君に、涼太も少しは心を開いたみたいで、彼が帰る時には自分から近づいて「バイバイ」ってお別れの挨拶をしていた。

どちらかというと涼太は人見知りをする方で、初めて会う人には絶対に自分から近づかないのに、大槻君に対しては、凄い短時間で心を開いていて、私はちょっと感動すらしてしまった。

でも、涼太が心を開いた理由も何となく分かる。

咲が言っていた通り、大槻君は落ち着いた雰囲気で話すときの表情は柔らかい。お仕事だからだろうけど話し方も凄く丁寧で、とても同い年とは思えないくらい大人に感じてしまう。

あと、大槻君は家事スキルがとても高かった。

家事代行サービスのアルバイトをするくらいだからそれは当然なんだけど、悲惨な状況になっていたキッチン周りはピカピカな状態にしてくれたし、最初は依頼していなかったリビングの掃除もやってくれて、埃《ほこり》一つ無い状態にしてくれた。

そして、料理をしている姿はまるでプロの料理人さんみたいで、彼の料理風景は見ていて全然飽きなかった。

私は今までずっと男子を避けていたけど、もしかしたら、大槻君となら仲良くなれるかも……。

とても短い時間だけど、彼と接するうちに私は漠然とそんな気がしてきた。何となくだけど、大槻君は私の外見じゃなくて中身をしっかりと見てくれる様な気がする。だって私の事を『いいお姉さん』って言ってくれたし。

そんな事を思い始めていた私は、大槻君が私の事を『お客様』として接する事に少し不満のような残念なような、そんな気持ちが湧いていた。

せっかく、初めて男子の友達になりそうなのに、お客様として対応されると、凄く距離を感じてしまう。

大槻君が帰った後。

私は涼太と二人で彼が作ったハンバーグを食べたけど、それは今までの人生で一番美味《おい》しいハンバーグだった。

涼太なんて喉《のど》を詰まらせちゃうんじゃないかと心配になるくらい、物凄い勢いで口の中に掻《か》き込んでいた。カッと目を見開いたまま、瞬《まばた》きすら忘れてハンバーグに貪《むさぼ》りつく弟の姿は軽いホラーだった。

涼太をここまで夢中にさせる大槻君の料理、恐るべしッ!!

※

東條《とうじょう》家の家事代行を無事にやり遂げた晴翔《はると》は、その次の日に親友である赤城友哉《あかぎともや》の家に遊びに来ていた。

「なぁハル。夏休みは勉強とバイトしかやらないんじゃなかったのか？　いいのか俺《おれ》ん家なんかに遊びに来ちゃってよ？」

揶揄《からか》うように言う友哉。

「そのつもりだったんだけどな。昨日の夜たまたま見てたテレビでゴミ屋敷について特集してたんだよ」

晴翔はぐちゃぐちゃになっている本棚の漫画を整理しながら言葉を続ける。

「急に不安になってな。次、特集されるゴミ屋敷が我が親友の部屋だったらどうしようってな」

「俺の部屋はそこまで汚くねぇよ‼」

友哉は椅子《いす》の背もたれから背中を浮かして勢いよく突っ込む。

連日、猛暑が続く真夏の真っ盛り。

強い日差しが友哉の部屋に燦々《さんさん》と照り付けている。だが、エアコン完備の彼の部屋は、太陽の明るさだけを享受しつつも室温は快適な温度に保たれている。

「まぁ、俺の部屋のエアコンが調子悪いからここに避難してきただけなんだけどな」

さらっと言う晴翔に友哉はジト目を向ける。

「おい、電気代を請求するぞ」

「じゃあ俺は部屋の掃除代を請求する。今までの分もさかのぼってな」

「すみませんでした。どうぞご自由にお部屋をお使いください」

早々に敗北を認める友哉。

彼は再び椅子の背にもたれ掛かりながら晴翔に問いかける。

「そういやさ、昨日バイト初日だったんだろ？　どうだった家事代行ってのは？」

「おーそうだな……」

友哉の質問に、晴翔は一旦掃除の手を休め少し考え込む。

「まぁ、やりがいはあるかな？」

晴翔は脳内に「ありがとう」とお礼を言う東條の笑顔を思い出しながら答える。

「んん？　なにニヤついてんだハル？」

友哉の指摘に、晴翔は慌てて表情を繕う。

「は？　別にニヤついてねぇし」

「いや、今のは確実にニヤニヤしてたね……あ、分かったぞ！」

「な、なにがだよ？」

「家事代行の依頼主が美人なお姉さんだったんだな！」

確信めいた表情で断言する親友の言葉に、晴翔は僅《わず》かに眉《まゆ》を動かす。

「ちげぇよ！」

「いいや、絶対にそうだね。そしてそのお姉さんは、仕事に疲れ果てたＯＬさんってわけだ」

「変な妄想するなよ」

「そしてそのお姉さんはとってもエロいんだな。ハルはムッツリだから、そういうのは隠したがるもんな」

分かったように腕を組み「うんうん」と納得したように頷《うなず》く友哉に、晴翔は呆《あき》れたような表情を浮かべる。

「んな訳あるかよ。てか誰がムッツリだ。誰が」

「本当に違うのか？　でも依頼主は綺麗な女の人だろ？」

「なんで断言すんだよ」

「え？　何となくそんな気がするから」

当然の事の様に言う友哉。ただのまぐれか、それとも本当に鋭いのか。よく分からない親友に、晴翔は少し引き攣《つ》った笑みを浮かべる。

「なぁハル。本当のとこどうなんだよ？　なんかエロいイベント発生しなかったのか？」

「東條さんとそんなイベント発生するわけないだろ」

「……は？　東條さん？」

「……あ……」

思わず口を滑らせてしまった晴翔は慌てて口を噤《つぐ》む。

「えっ⁉　東條さんってあの東條さん⁉　東條綾香さんッ⁉」

「いや……ちがッ」

「違くないだろ！　その反応は絶対に東條綾香さんだろ！」

びっくり仰天しながらも、晴翔の家事代行の依頼主が東條であると友哉は確信してしまったようである。

晴翔は誤魔化《ごまか》す事は不可能だと判断して、友哉に白状すると共に彼の口止めも行う。

「東條さんが家事代行を頼んだって事は絶対に口外するなよ？　お客様の個人情報やプライバシーはしっかり守らないと俺が会社に怒られる。信用してるぞ友哉。あちこちに言いふらしたら絶交するからな」

「いやいや、言いふらしたりはしないけどよ。マジか……で？　どうだった？」

「どうって何が？」

晴翔は友哉の部屋の掃除を再開しながら首を傾《かし》げる。

「何がってお前、お呼ばれしたんだろ？　あの東條さんの家に」

「お呼ばれってなぁ……」

晴翔は呆れた表情で友哉を見る。

「俺は東條さんの家に遊びに行ったんじゃなくて仕事に行ったんだよ」

「そうだな。で、東條さんの家ってどんな感じなんだ？　やっぱりいい匂《にお》いしたか？」

自分の話を全然聞かず、興味津々といった感じで質問してくる親友に、晴翔は「はぁ」と大きな溜息を吐く。

「お前、それ変態くさいぞ？　あとその質問はお客様の個人情報となりますのでお教えする事は出来ません」

「ちぇ、なんだよケチくさいなぁ、俺はお前の親友だろ？」

わざとらしく唇を尖らせて、いじけた様子を見せる友哉を晴翔は華麗に無視する。

可愛い女の子がそんな仕草をすれば、少しは心が傾くかも知れないが、あいにく野郎がどれだけ唇を尖らせようが、晴翔の心は微動だにしない。むしろイラつきが増す。

「けち～けちんぼハル～けちけちけち～～」

「うっさいわ！」

晴翔は片付ける為に手に持っていた音楽雑誌を投げつける。友哉はそれをひょいと避けて、カラカラと楽しそうに笑う。

「でも良かったなぁハル」

「あぁ？　何が？」

「この夏休みで東條さんと仲良くなれそうじゃん？　羨《うらや》ましいぃ～」

椅子の上に胡坐《あぐら》をかき、ニヤニヤと笑みを浮かべる友哉。しかし、晴翔は彼の言う事が理解できずに顔を顰《しか》める。

「なんで一回家に行ったくらいで仲良くなれるんだよ？」

「え？　これからもバイトやってる間は東條さんの家に何回も行く事になるんじゃないの？」

キョトンとした顔で言う友哉。晴翔は首を横に振りながら彼の言葉を否定する。

「ないない、もうこれっきりだよ。俺が東條さんの家に行くのは」

「え？　なんで？」

「なんでって、普通に考えたら嫌だろ？　同級生が家に来て掃除とかの家事をやってたら。俺が東條さんなら、次に家事代行頼むにしても別の人を指名するね。クラスメイトに家事やって貰うとか気まず過ぎるわ」

「ん～？　そうか？」

晴翔の言葉に友哉は首を捻《ひね》りながら、いま自分の部屋を掃除してくれているクラスメイトを見る。

「別に、気まずいとは思わねぇけど?」

「………」

けろっとした様子で言い放たれた親友の言葉に、晴翔は口元を引き攣らせる。

「やっぱ金、請求しようかな」

ぼそっと低い声で言う晴翔。

「なっ!? そ、それだけはご勘弁を! 俺は今こいつを買っちまって金欠なんだ!」

友哉は必死の形相で晴翔に訴え掛けながら、近くに置いてあった黒いケースを抱き寄せる。

「あれ? 新しいの買ったのか?」

友哉が抱きしめる黒いケース。それはギターケースだ。

彼は小学生の頃からギターを始めて、今は他校の生徒とバンドを組んで活動している。

「そうなんだよ。この前楽器屋に行ったときにな、こいつに一目惚れしちゃって」

友哉は「でへへぇ」と笑いを溢《こぼ》しながらギターに頬擦《ほおず》りをする。晴翔はそんな親友の変態っぷりに若干引きながら、壁際に立て掛けてあるもう一本のギターに視線を向ける。

「ギターって二本必要なのか?」

「必要だッ! ギターは何本あっても困らない!」

「ほーん、そなのか」

楽器や音楽関係に疎《うと》い晴翔は、気の抜けた返事と共に友哉の部屋の掃除を再開する。

「おい！　もっと興味を示せ！」

「だって俺、楽器とかよく分からんしやる予定も無いし」

「そんな事言わずに、ハルもギター始めて俺とバンド組もうぜ！」

友哉が「今なら手取り足取り教えてやるぜ」と両手をワキワキと動かしながら言う。

「いや、遠慮しとく」

「えぇ〜じゃあボーカルやってくれよ。俺らのバンド、今年の文化祭でライブやろうってなってるからさ。俺らと一緒に青春をエンジョイしようぜッ!!」

親指をグッと上げて満面の笑みで言う友哉に、晴翔は掃除する手を休める事なく、興味無さげに答える。

「いや、やめとく」

「そう言わずにさ〜俺とバンドやろ〜ぜ〜」

まるで幼い子供の様な駄々をこねる友哉を無視しながら、晴翔は掃除を続ける。

「ハル〜バンド組もうぜ〜一緒に音楽を楽しもうぜ〜」

「あぁはいはい、じゃあ少しは考えておくよ。そういえば、遥《はるか》ちゃんは今日いないのか？」

しつこく勧誘してくる友哉に、晴翔は適当に返事をする。そして話題を逸《そ》らすために、彼の妹について尋ねる。

「あいつは今日も朝から夏期講習に行ってるよ」

「そっか、遥ちゃんは来年受験か」

親友の友哉には、二歳年下の妹がいる。

友哉は晴翔にとって親友であるのと同時に幼馴染《おさななじみ》でもある。そして、彼の妹は晴翔にとっても実の妹のような存在である。

小さい頃はよく三人で遊び、友哉の妹の遥も晴翔の事を「ハルにぃ」と呼んで懐いてくれている。

「あいつ、来年からハルと同じ高校に通うって気合い入れてるからなぁ」

「そっか、来年は遥ちゃんも後輩になるのか」

「無事受験に受かればな」

「遥ちゃんなら大丈夫だろ」

なんだかんだで要領のいい子だから、きっと来年には同じ高校に通っているはずだ。

その時の事を想像して、晴翔が笑みを浮かべていると、それを見た友哉がニヤッと不敵な表情をする。

「おいハル。東條さんがいるのに遥に浮気《うわき》するのかぁ？」

「は？　何意味わかんねぇ事言ってんだよ。それにさっきも言っただろ？　もう東條さんの家に呼ばれる事は無いって」

「ほんとかぁ?」

断言する晴翔に、友哉はなんだか面白《おもしろ》そうにニヤニヤしながら、疑いの言葉を投げかけた。

※

「次呼ばれる事は絶対にない……そう思っている時期が俺にもありました」

とある豪邸の前で、晴翔は誰に言うでもなく一人呟きを漏らす。

昨日、友哉に東條家に呼ばれる事はもう無いと断言した晴翔。実際に彼自身も、東條家に再び家事代行として行く事は無いだろうと思っていた。思っていただけに、今こうして東條家の前に立つと、色々不安が湧き上がってくる。

「もしかして……前回の事でクレームがあって呼ばれたとか? ハンバーグが傷んでいて食中毒になったとか? いやいや、そんな事があったら、直接会社の方にクレーム行くよな普通……」

様々な思考が晴翔の頭を巡る。

そのどれもが非現実的で、実際には在りそうもない事なのだが、マイナス的な思考に囚われている晴翔は、やたらと重く感じる指先でインターフォンを押す。「ピンポーン」という呼び出し音。その後の一瞬の間が、晴翔にはひたすらに長く感じた。

『はいは～い。どちら様？』

そんな晴翔の緊張とは正反対に、インターフォンから聞こえてくる声は、底抜けに明るい声だった。

「あ、家事代行サービスの者です」

『あら！　待っていたわ！　いま玄関開けるから待っててね』

インターフォンの声に晴翔は首を傾げる。

東條の声に似てはいるが、やけにテンションが高く彼女の雰囲気とマッチしていない気がする。もしかしたら、東條のお姉さんとかなのかもしれない。

晴翔の中で東條綾香という女の子のイメージは、どちらかというと活発さよりもお淑《しと》やかなイメージが強い。前回家に訪れた時も、物静かで幼い弟の面倒をよく見る、しっかりとしたお姉さんという感じだった。

そんな事を考えながら待っていると、ガチャリと玄関の扉が開き一人の女性が姿を現す。

歳《とし》は恐らく二十代後半くらいだろうか。とても綺麗な顔立ちで、東條と似たような雰囲気がある事からやはり東條の姉なのだろう。

「あなたが大槻君ね！　ささ、入って入って！」

「あ、はい。えと、お邪魔いたします」

テンション高めに招かれた晴翔は、そのまま家に上がり持参したスリッパに足を通す。その時、廊下の奥から涼太がこちらの様子を窺《うかが》っている事に気が付く。

「涼太君、こんにちは」

「……こんにちは」

「ハンバーグは美味しかった？」

まだ少し警戒する様子を見せていた涼太。しかし、晴翔の質問にその表情を緩める。

「うん。おいしかったよ」

「涼太君が喜んでくれて嬉《うれ》しいよ」

晴翔が柔らかな笑顔を浮かべて言うと、涼太は少し恥ずかしそうにはにかんだ。

「うふふふ、綾香から聞いたんだけど、涼太ったら夢中でハンバーグを食べてたみたいよ」

そんな様子を眺めていた東條の姉らしき女性が、微笑《ほほえ》ましそうにする。

「お母さんもあのハンバーグ食べたでしょ！　おいしかったでしょ！」

涼太は恥ずかしさを紛らわす為か、ハンバーグの美味しさを必死に説く。

「そうね、とっても美味しかったわ」

その会話を耳にして晴翔は衝撃で固まる。

なんと、東條の姉だと思っていた人物は、実は姉ではなく母親だったのだ。涼太に笑みを向ける女性は、どこからどう見ても二児の母親とは思えないくらいに若々しい。

晴翔がそんな衝撃を受けているとは露知らず、涼太は期待に満ちた表情で問いかけてくる。

「今日は何を作ってくれるの?」

「こらこら涼太。まずは大槻君をリビングに通さないと」

「あ、うん」

柔らかい口調で窘《たしな》める母親に、涼太は素直に頷くと「こっちだよ」と言って晴翔を案内してくれる。そんな彼を晴翔は笑みを浮かべながら後を追いリビングへと入る。

「実は涼太ね、朝からずっと、美味しいハンバーグを作ってくれたおにいちゃん今日も来るの? ってしつこかったのよ?」

「そうだったんですね」

晴翔は東條の姉だと思っていた彼女が、まさかの母親だったという事実に内心動揺しながらも、なんとかにこやかな笑みを維持しつつ答える。

「それでは改めまして。この度は家事代行サービスをご利用頂きまして誠に有難うございます。担当の大槻です。今回、東條様より承っておりますのは、三時間コースで掃除と夕飯の調理となっていますが、お間違い無かったでしょうか?」

「はーい、合ってます」

業務口調で確認する晴翔に、東條の母親は一つ頷いた後に少し不満そうな顔をする。

「綾香から聞いたのだけど、大槻君って綾香のクラスメイトなんですって?」

「あ、はい。そうです」

「ならそんな他人行儀な言い回しなんてしなくても大丈夫よ！　私の事も東條様なんて呼ばないで郁恵《いくえ》って呼んでちょうだい」

そんな東條母の要望に、晴翔は戸惑いを見せる。

「いえでも、クラスメイトのお母様でも、東條様は自分にとってお客様ですので……」

「そんな寂《さび》しい事言わないで、もっと気軽な感じでお願い、ね？」

「いや……ですが……」

「ねぇ？　だめぇ？」

両手を合わせコテンと首を傾けて、上目遣《うわめづか》いでお願いしてくる東條母に、晴翔は思わず視線を逸らす。

東條母は、超絶美少女高校生である東條綾香に、更に大人の魅力を追加したような、正しく美魔女と呼ぶに相応《ふさわ》しい女性である。そんな彼女の『お願い』に思春期真《ま》っ只中《ただなか》である晴翔の心は大いに揺らいだ。

「……分かりました。い、郁恵さん」

「嬉しい！　ありがとう大槻君！」

「い、いえ」

ほんのりと頬を染めながら、晴翔は俯《うつむ》き加減にお辞儀をする。と、そこに東條がリビングにやって来た。

「あ、大槻君。来たんだね。いらっしゃい」

「お邪魔しています。東條様……東條さん」

東條様と言った瞬間、晴翔は郁恵からの視線を感じ、慌てて言い換える。

「またご利用頂き、有難う御座います」

「うん。この前の時、部屋を掃除したのとハンバーグ作ったのが家事代行サービスだって親に話をして、そのスタッフさんが同じクラスの大槻君だって言ったら、親が二人ともぜひ会ってみたいって。あと涼太も大槻君のご飯を食べたいってしつこくて」

少し恥ずかしそうに話す東條に、晴翔は丁寧に頭を下げる。

「前回のサービス内容にご満足頂けてとても良かったです。今回も期待に添えるよう、誠心誠意頑張らせて頂きます」

「う、うん。宜《よろ》しくお願いします」

晴翔に釣られるように、ペコリと頭を下げる東條。そんな二人を見ていた郁恵は「あらあら」と頬に手を添えながら言う。

「二人ともクラスメイトなのでしょう？　もっとフレンドリーに接したらどうなの？」

母の言葉に、娘の東條は少し困った表情を見せる。

「でも私、大槻君と学校で話した事今まで一度も無くて……」

「あら、ならこれを機に仲良くなればいいじゃない？　ね、大槻君？」

「へッ⁉　あ、はい。えーと、そう……ですね」

急に話を振られた晴翔は、一瞬どう答えようか迷うが、これまでの流れ的に反対したら大変な事になりそうだと判断して、迷いながらも肯定する。

晴翔の返事に、郁恵は満足そうに頷きながら娘に言う。

「綾香、男の子のお友達いないでしょう？　大槻君、いい子そうだから良い機会よこれは」

「ちょ、ちょっとママ！　私は別にそんな理由で大槻君を呼んでるんじゃなくて」

「あら？　綾香は大槻君とお友達になりたくないの？」

「それは……なりたくないわけじゃ……」

「じゃあお友達になりたいんじゃない！　ごめんなさいね大槻君、この子昔からこういう事に関しては素直じゃないのよ」

「ちょ、ママぁ……うぅ……」

顔を真っ赤《まか》にして抗議する様に唸《うな》る東條に、晴翔は「あははは……」と取り敢えず笑ってやり過ごした後、仕事の話で話題を逸らす。

「あの、それでは早速掃除から始めていきたいと思うのですが、何か事前にご要望はありますか？」

「要望……そうねぇ～」

郁恵は少し考えた後に、その視線を窓の方に向ける。

「そういえば最近、窓の汚れが気になってて、そこのお掃除もお願いできるかしら？」

「はい、承りました」

晴翔は一礼した後に、早速窓へと向かいガラスを近くで確認する。

「確かに少し汚れが目立ちますね」

「でしょう？　この前の黄砂《こうさ》と雨でこうなっちゃったのよ」

「分かりました。それでは早速掃除していきます」

晴翔は掃除をする為に、自身のシャツを腕捲《うでまく》りする。

「あら、大槻君って結構腕太いのね？」

腕捲りによって露になった晴翔の二の腕を見ながら、郁恵が感心したように言う。

「何かスポーツとかをやっているのかしら？」

「実は幼少の頃から空手道場に通っていまして」

「まぁ！　大槻君は空手少年だったのね！　凄いじゃない！」

手を叩《たた》いて褒める郁恵に、晴翔は少し照れながら「有難う御座います」と頭を下げる。

郁恵に褒められて若干気分を良くしながら、晴翔は持参してきた荷物から、窓掃除に必要なものを取り出して、窓を拭《ふ》いていく。

掃除機などの大きなものは、その家に置いてあるものを使わせてもらう場合が多い。しかし、拭き掃除に使う雑巾《ぞうきん》などの小物は持参したものを使う。それは会社から支給されたものもあるが、晴翔が自前で用意したものもある。家事代行のアルバイトをすると祖母に伝えた時に、役立ちそうな便利アイテムを色々と祖母がくれたのだ。

晴翔は窓を拭くために、新聞紙に水を含ませる。

するとそこに、涼太が不思議そうな顔で尋ねてきた。

「新聞紙で何をするの？」

「これで窓を拭くとね、新聞紙のインクで汚れが取れるんだよ」

「へぇ～！　すごいね！　ぼくも拭いてみたい！」

涼太は段々と晴翔に心を開き始めているようで、掃除している晴翔の側《そば》にくっ付いて、時々質問をしてきたりする。

「やってみるかい？　じゃあこれでそこを拭いてみようか？」

「うん！」

晴翔は水の絞った新聞紙を涼太に手渡すと、彼でも手の届く所を指差しながら言う。

「ごめんなさいねぇ大槻君。涼太が邪魔しちゃって」

晴翔に掃除をお願いした後、リビングでパソコンを開き仕事をしていた郁恵が声を掛ける。

「いえ、涼太君が手伝ってくれるので助かっています」

「そうだよお母さん！　僕はお手伝いしてるんだもん！」

母親の『邪魔して』という言葉に、涼太は口を尖らせて反論する。

「涼太君のおかげで早く窓掃除が終わりそうだよ」

「えへへへ」

優しく涼太の頭を撫でる晴翔に、涼太も嬉しそうに笑みを浮かべる。

「あらあら、なんだか涼太ったらすっかり大槻君に懐いちゃって本当の兄弟みたいね。ね、綾香」

「へぁ？　……あ、うん。そうだね」

母親の隣で頬杖《ほおづえ》をつきながら、ぼーっと晴翔の掃除風景を眺めていた東條は、急に話し掛けられてハッと我に返る。

その様子に郁恵はニヤッと笑みを浮かべた。

「綾香ったらぼーっとしちゃって、涼太が大槻君に取られて悔しいの？　それとも……」

悪戯っぽい笑みを浮かべながら母は娘に言う。

「大槻君に見惚《みほ》れちゃってた？」

「ッ!!　な、ママは何言ってんのさ!!」

思わず東條はガタッと椅子から立ち上がって母を睨《にら》む。

「そんなにむきになっちゃって〜青春ねぇ〜」

「ち、違うから！　そんなんじゃないって!!」

その大声に、晴翔と一緒に窓を拭いていた涼太が不思議そうに姉を見つめる。

「おねぇちゃん、そんなに顔を赤くしてどうしたの？　風邪引いたの？」

「あ、赤くない！　風邪じゃない！　もう知らない！」

そう叫びながら、東條はリビングから足早に去って行ってしまった。

「お母さん、おねぇちゃんどうしたの？」

姉の様子が理解出来ない涼太は、キョトンとした表情で姉が去った後のリビングの扉を見る。

郁恵は「うふふふ」と笑みを浮かべながら言う。

「お姉ちゃんはね、いま人生を楽しんでいるのよ」

「さっきのおねえちゃん、楽しそうじゃなかったよ？」

「ふふ、涼太にはまだ早いわね」

母は楽しそうな笑みを絶やさずに、涼太の隣でせっせと窓を拭いている晴翔に視線を向ける。

「うちの娘にも、春が来てくれると嬉しいんだけどね……」

母親としての慈愛に満ちた、それでいて少し寂しいような、でも嬉しそうでもある、そんな小さな呟きが、掃除に精を出す晴翔の耳に微《かす》かに届いたような気がした。

※

晴翔は窓掃除に続いて床掃除やトイレ掃除など、一時間かけて東條邸を掃除した。

「郁恵さん、掃除は終わったのですが、まだご要望はありますか？」

「いいえ！　掃除はもう完璧《かんぺき》よ！　ご苦労様」

晴翔は郁恵に掃除が終了した事を報告する。

リビングでパソコンを広げて仕事をしていた郁恵は、晴翔の報告に満足げな様子を見せる。

「家にいてこんなに仕事が捗《はかど》ったのは初めてだわ！　普段なら掃除や洗濯で時間を取られてなかなか集中できないのよね。本当に助かるわ～」

「お役に立てて何よりです。それでは、ご夕食の献立のご希望はありますか？」

晴翔の言葉に、郁恵は顎《あご》に手を添えて悩む。

「う～ん、そうねぇ……暑いからさっぱりとしたものが食べたい気分ね。でも、少しボリュームのあるものだと助かるわ」

そう言いながら、郁恵はリビングのソファで寝息を立てている涼太を見る。

晴翔と一緒に掃除をするのがよっぽど楽しかったのか、途中までは彼にべったりと付いていた。しかし、はしゃぎ過ぎて疲れてしまったのか、後半はうとうとし始めたので晴翔がソファまで運んで寝かせてあげたのだ。

「涼太君は食べ盛りですもんね」

「そうなのよ。私的には素麺《そうめん》とかでもいいのだけど、涼太がねぇ」

確かに素麺だと暑い夏でもスルスルと食べられるが、それだけだと食べ盛りの子供からしたら少し物足りないだろう。それに、栄養もバランス良く摂《と》るのが少し難しい。

晴翔は少し考えた後に、メニューを提案する。

「それではレモン風味のクリームパスタはどうでしょうか？　レモンの酸味でさっぱりと食べられると思いますが？」

「まぁ！　それはいいわね！」

「それとスープは冷製ポタージュにして、サラダはカプレーゼなんてどうでしょうか？」

「おしゃれで素敵な夜ご飯になりそうね！　あ、それで夜ご飯の食材なんだけど、いま冷蔵庫の中がすっからかんなのよ。お買い物も頼めるかしら？」

「はい、問題ありません」

食材の買い出しも家事代行の業務範囲内である。晴翔が頷くと、郁恵が早速彼にお金を手渡す。

「これで足りるかしら？」

そう言いながら晴翔に手渡された封筒の中には、諭吉が三人入っていた。

晴翔はポンと手渡された金額の大きさに『なるほど、これがセレブというやつか』と妙な納得感を覚える。

「金額は問題なく足りると思います。買い物について何かスーパーや食材のご指定はありますか？」

人によっては買うお店や、食材の産地に強い拘《こだわ》りを抱く人も少なくない。しかし、郁恵は軽く手を振りながら言う。

「特にないわ。スーパーの場所は分かるかしら？」

「はい、それは大丈夫です。それでは買い出しに行ってきます」

そう言って晴翔がリビングから出ようとした時、これまでソファで寝ていた涼太がむくりと上体を起こす。

「……あれ？　おにいちゃん、どこに行くの？」

目を擦《こす》りながら涼太が尋ねる。

「夕飯の買い出しに行ってくるよ」

「……お買い物？」

「うん、そうだよ」

晴翔が返事をした途端、ぼんやりとしていた涼太の目がシャキッと覚醒《かくせい》した。

「ぼくも一緒に行く!!」

ソファから飛び降り、晴翔のもとに駆け寄りながら涼太が言う。どうやら、一緒に掃除をした事で彼は完全に晴翔に心を開いて、懐いてしまったようだ。

「ダメよ涼太。大槻君はね、遊びに行くんじゃないのよ？」

「えぇ～！　僕もお買い物に行きたい！」

駄々をこねる涼太に、郁恵は少し困った顔をする。

晴翔に買い出しをさせるうえに、涼太の面倒を見させるのはさすがに申し訳ないと、郁恵は涼太のお願いに首を振る。

「だ～め。大槻君はお仕事なのよ？　涼太は家でお留守番して大槻君を待っていましょう？」

そんな母の説得に、涼太はぐっと手を握って俯いてしまう。

「さっきはおにいちゃんのお掃除、お手伝いしてたのに……」

よっぽど涼太は晴翔と一緒に買い物に行きたいのか、その目尻には僅かながらに涙が浮かび上がっていた。

「困ったわねぇ、普段は聞き分けのいい子なのに……よっぽど大槻君の事が好きなのね」

「あの、自分なら構いませんよ？」

晴翔は涼太を連れて買い物に行っても構わないと言う。しかし、郁恵はやはり申し訳ないという思いがあるのか、少し悩んだ様子を見せた後パッと何か思いついたような表情をする。

「それなら綾香にも一緒に買い物に行ってもらおうかしら」

郁恵はそう言うと、リビングから出て廊下の階段へと向かう。

「綾香ぁーちょっと来てぇ～」

少し大きな声をあげる郁恵。

東條は先程、母親に揶揄われてリビングを出た後ずっと自分の部屋に閉じ籠《こも》っている。

「綾香ぁー！」

再度響く母の呼び声に、ガチャリと扉の開く音と共に東條が姿を現す。

「……なに？」

そう言う彼女は若干、不服そうである。そんな娘の様子に郁恵はニッコリと笑みを浮かべながら言う。

「涼太が大槻君の買い物に付いて行くって言って聞かないのよ。だから、綾香も一緒にお買い物に付いて行って涼太を見ててくれないかしら？」

「えぇ……」

東條は母の言葉に疑いの視線を向ける。

「別にやましい考えはないわよ？　ほら、大槻君にお買い物させて涼太の面倒まで見させるのは、さすがに大変でしょ？」

「それは……そうだけど」

「ね？　だからお願い、一緒に行って涼太の面倒を見てあげて？」

「……分かった」

東條が頷き、郁恵は満面の笑みを浮かべる。

「涼太、お姉ちゃんが一緒に付いて行くから、お買い物行っていいわよ」

「やったーーーッ!!」

両手を振り上げて喜びを爆発《ばくはつ》させる涼太は、階段から降りてきた姉のもとに駆け寄る。

「おねえちゃんありがとう!!　おねえちゃん大好き!!」

「はいはい、分かったから。お買い物に行くんでしょ?　早くお出掛けの準備して」

東條は弟の言葉に素っ気ない返事をするが、その口元は若干ニヤついている。

「大槻君ごめん、私もちょっと支度《したく》するからもう少しだけ待っててくれる?」

「はい、全然かまいませんよ」

そう言って東條は一旦自室に戻り、外向け用の服装に着替えて出てきた。

涼太も着替えを済ませて、既に外靴に履《は》き替えて玄関のところでウズウズしながら待っている。

「おねえちゃん遅いよ!　早く早く!!」

「分かったから少し落ち着きなさい涼太」

姉を急《せ》かす弟。弟を窘める姉。そんな東條姉弟のやり取りを晴翔は微笑ましく眺めながら、自身も外靴に履き替えて玄関の扉に手を掛ける。

「それでは行ってきます」

「行ってくるよ」

「いってきまぁーすッ!!」

三者三様の『行ってきます』に、玄関まで送りに来ていた郁恵が笑みと共に手を振る。

「は～い、行ってらっしゃい。車に気を付けるのよ」

晴翔達は東條邸の門をくぐってスーパーへと向かう。

涼太は買い物に一緒に来れた事がよっぽど嬉しいのか、外に出た時から落ち着きがない。このままだと車とかが急に出てきたら危ないと思い、晴翔は涼太に声を掛ける。

「涼太君、スーパーまで手を繋いで行こうか」

「うん‼」

涼太は素直に頷くと、隣まで来て嬉しそうに晴翔と手を繋ぐ。

「ごめんね大槻君、涼太の我儘に付き合わせちゃって」

「いえいえ、自分は平気ですよ」

晴翔は和やかな笑みで答える。

彼は時折腕を上げそこに涼太をぶら下げたりするなど、道中を遊びながらスーパーに向かう。

「大槻君って優しいんだね」

「え？　そうですかね？」

今度は涼太を肩車している晴翔が、東條の言葉に曖昧な返事をする。

「うん、そうだよ。涼太の面倒を凄く見てくれるし」

「あぁ、それは自分が一人っ子だからかもしれないですね」

肩車されてキャッキャと喜んでいる涼太を優し気な目で見上げる東條に、晴翔も笑みを浮かべながら答える。

「涼太君と接してると、なんだか本当に弟ができたみたいで嬉しくなっちゃうんです。自分にも弟がいたらこんな感じなのかなぁって」

「我儘言って可愛くない時もあるけどね」

「それはそれで、羨ましいですよ。一人だとケンカも出来ないですし」

「それもそっか」

「おねえちゃんとおにいちゃんは何の話してるの？」

肩車されている涼太が、不思議そうな表情で二人を見下ろす。

「涼太と大槻君が兄弟みたいって話よ。ほら、もうすぐスーパーに着くから大槻君から降りなさい」

「はーい」

姉に促されて涼太は素直に晴翔から降りる。

「ねぇねぇ、おにいちゃん。また肩車してくれる？」

「うん、またお買い物に来る事があったらやってあげるよ」

「やったー！」

晴翔の言葉に笑みを浮かべる涼太。

そんな彼に釣られて、晴翔と東條も笑顔になる。

それから程なくしてスーパーに到着した晴翔達は、夕食に必要な食材を買い揃《そろ》えていく。

「そういえば大槻君。今日の夕飯のメニューは？」

東條が入り口に置いてある買い物かごに腕を通しながら、晴翔に尋ねる。

「レモン風味のクリームパスタと冷製ポタージュ、それにサラダにカプレーゼを作ろうかなと」

「へぇ、クリームパスタって事は、牛乳と生クリームは必要だよね？」

「ですね、後はベーコンも欲しいですね。それと何か緑色の野菜が安くなっていれば入れたいですね。彩《いろど》り的に」

そんな会話を交わしながら野菜コーナーに向かうと、二人の話を聞いていた涼太がアスパラ売り場に駆けていく。

「おにいちゃん！　これ一束《ひとたば》で九十八円だって！　ねぇ安い？」

「お、これは確かに安い。涼太君お手柄だね」

涼太が手に持っているアスパラは、そこそこの量が一つの束に纏《まと》められていている。太さこそ細身のものばかりではあるが、今回はパスタに入れるので、細い方が麺《めん》と絡《から》みやすくて好都合である。

晴翔はアスパラを一束受け取り「ありがとう」と頭を撫でると、涼太は何とも嬉しそうな表情を浮かべる。

「東條さんカゴ持ちます」

「あ、うん。ありがと」

晴翔は東條から買い物かごを受け取りながら、その中にアスパラを入れる。

そんな晴翔のさり気ない行動に、東條がジッと見詰めてくる。

「ん？　どうかしましたか？」

「……大槻君って、彼女いたりする？」

「え？　いや、いませんけど……？」

突然の東條の質問の意図を汲《く》み取れず、晴翔はキョトンと首を傾げて答える。

「そうなんだ……なんか自然な感じで荷物持ってくれたから、そういうのに慣れてるのかなって思って」

「今は家事代行の仕事中ですからね。さすがにお客様の東條さんに荷物を持たせるわけにはいきませんから」

「そっか……お客様か……」

「ええ、はい。あ、カボチャもお買い得ですね。冷製ポタージュはカボチャにしましょう」

晴翔はカボチャ売り場に移動する。そして、どのカボチャを買うか吟味しながら、隣にいる涼太に「カボチャは好き？」と尋ねたりしている。

そんな晴翔の背中を、東條は無言で見詰める。

涼太に優しく話しかけながら、時折柔らかな笑顔を浮かべる晴翔。そんな彼に、何故か東條の視線は吸い寄せられていた。

と、そこで晴翔が彼女に話を振る。

「カボチャは種を取って冷凍すれば日持ちするので、丸々一個買っちゃってもいいですかね？」

「……え？　あぁ、うん。いいと思うよ」

綾香は一瞬、話を理解できずにポカンとした表情を浮かべるが、すぐに我に返って頷きを晴翔に返す。

「分かりました。じゃあ、次はトマトですね。涼太君、トマトを見に行こうか」

「うん！　トマト！」

晴翔はカボチャを買い物かごに入れると、涼太と手を繋いでトマト売り場に向かう。

そして、一拍遅れて東條が、慌てたように晴翔の後に付いて行く。

晴翔達は、その後も夕食に必要な食材を買い揃えていく。その中で、晴翔は改めて東條綾香が学園のアイドルと呼ばれている事を実感させられる。

何故なら、買い物をしている最中に、すれ違う客や周りの客達からの視線を凄く感じるのだ。視線をチラチラと向けてきている周りの人達は、東條を見ているので晴翔は直接視線を受けている訳ではない。なのに、それでも結構気になってしまうのだから、直接視線を向けられている東條は相当気が滅入《めい》るのではないだろうか。

心配になって晴翔が彼女の様子を窺うと、当の本人はそういった視線に慣れているのか、大して気にしている様子は無かった。

野菜にベーコン、チーズや牛乳など、必要な食材を買い終えスーパーから出ると、晴翔は少し安心したように「ふぅ」と息を吐き出した。

向けられる視線のせいで少し気疲れしていたようだ。視線のほとんどは東條に向けられていたが、中には嫉妬《しっと》する様に恨めしそうな目付きを晴翔に向けてくる人もいたりした。

「東條さんって、人が多い所だと大変ですね」

思わず東條に同情してしまう晴翔。

「え？　あぁ、うん。まぁ、そうだね。最近は少し慣れてきたけど、でもあんまりいい気はしない、かな？」

最初に少し戸惑いを見せたが、晴翔が何を言っているのか理解した東條は、苦笑を浮かべながら答える。

「たまにだけど、なんて言えばいいんだろ……ネッチョリとした視線を感じる時があって、そういう時は結構怖くなる時があるかな」

「なるほど、可愛すぎるのも大変ですね」

「かわっ……!?!」

ぽつりと呟く様に言う晴翔の言葉に、東條はピタッと歩みを止める。

「ん？　どうかしました？」

急に動きを止めた東條に、晴翔は不思議そうに問いかける。

「う、ううん！　何でもないよ」

彼女は曖昧な笑みを浮かべると、スタスタと足早に歩きだす。

そんな姉の表情を見上げて、涼太が純粋な疑問の言葉を彼女に投げかける。

「おねえちゃん？　顔赤いよ？」

「ッ⁉　あ、暑いからよ！　早く家に帰りましょ！」

東條は顔を覗《のぞ》き込もうとする弟からパッと顔を逸らすと、先を急ぐようにそそくさと足を速め家路を急いだ。

※

晴翔達は、スーパーで買い物を終え家に帰宅する。

エコバッグを片手に持ち、晴翔がダイニングに入ると、見知らぬ男性がダイニングテーブルに座っていた。

「お帰り、君が家事代行の大槻君だね？」

「あ、はい。えと……」

初対面の男性に、少し戸惑う反応を見せる晴翔。そんな彼の横を通り抜けて、涼太が男性に駆け寄る。

「お父さんおかえりなさい！」

「ただいま涼太！　お買い物は楽しかったかい？」

男性は涼太を抱き上げると、笑みを浮かべながら尋ねる。どうやら、いま涼太を抱き上げているのは父親のようだ。

晴翔は姿勢を正すと、丁寧にお辞儀をする。

「初めまして。自分は家事代行サービスの大槻と申します」

「これは丁寧にどうも。私は涼太と綾香の父です」

涼太を抱えたまま、東條父は小さく頭を下げる。

「今日は帰ってくるの早いんだねパパ」

晴翔と涼太に続いてダイニングに入った東條が言う。

「いやぁ、今日は家事代行で大槻君が来てくれる日だったから、早めに仕事を切り上げて帰って来たんだよ」

東條父はそう言いながら、期待の籠った眼差《まなざ》しを晴翔に向ける。

「今回はクリームパスタを作ってくれるみたいだね。前回のハンバーグが絶品だったから、今回の料理も期待しているよ」

「有難う御座います。ご期待に添えるよう頑張ります」

そう言って晴翔は早速キッチンに立ち、夕飯の準備に取り掛かる。

まずはポタージュに使うカボチャを細かく切って電子レンジに入れ、その間にパスタに入れるアスパラを塩揉《しおも》みする。アスパラの下拵《したごしら》えが済むと、カプレーゼに使用するトマトをスライスし冷凍庫に入れたりと調理を進めていく。

キッチンに立つ晴翔の動きには迷いが無く、手慣れた様子で調理を進めていく。その姿を見た郁恵が感心したように言う。

「凄く手際がいいわね！　料理男子って素敵ね！」

晴翔の料理姿を褒める郁恵に、隣の東條父も頷く。

「大槻君の料理姿は、まるでベテランの板前さんの様についつい見入ってしまうね」

「有難う御座います。そう言って頂けてとても嬉しいです。味の方でも満足いただける様に頑張りますので」

晴翔は、電子レンジで加熱したカボチャを素早く潰《つぶ》しながら、東條夫妻に若干照れたような笑みで頭を下げる。

「ふむ、まさか綾香のクラスメイトに君の様な素晴らしい子がいたとはね」

東條父は、晴翔の丁寧な物腰と家事代行としての働きぶりに好感を抱いたようである。彼は同じダイニングテーブルの向かいに座っている娘に問いかける。

「綾香、大槻君とは親しい仲なのかい？」

「……え？　えと、そこまでじゃ、ないかな……」

娘の返事に、東條父は何やら神妙な面持ちで晴翔と東條を見比べる。

「本当だよ？　家事代行で家に来てもらうまで私、大槻君とほとんど話した事無いよ？」

「ふむ。そうだったのか」

彼はそう言いながら晴翔の方を見る。東條父の視線を受けて、晴翔も同じような事を答える。

「ええ、東條さんとは学校でなかなか話す機会が無くて」

「なるほど、いやしかし、大槻君は真面目《まじめ》で誠実そうだからね。これを機に是非とも、うちの娘と仲良くしてくれると嬉しいのだがね」

「ちょっと⁉　パパ！」

父の発言に慌てる東條。彼女は申し訳なさそうに晴翔の方を見る。

「ごめんね大槻君。パパが変な事言って」

「いえいえ、俺は何とも。まぁ、こうやって東條さんの家の家事代行に呼ばれたのも何かの縁ですし、お父様が仰《おっしゃ》る様に、これからはクラスメイトとして友達になっていけたらなと」

「え？　あ、うん！　そ、そうだね」

東條は晴翔の言葉に少し驚いたような、それでいて満更でもない様子でニッコリと微笑む。

そんな二人の様子に東條父が「コホンッ」と小さく咳払《せきばら》いをした。

「大槻君、娘と仲良くしてくれるのは嬉しいのだがね……君に『お父さん』と呼ばれる筋合いはないッ!!」

渾身《こんしん》の決め台詞《ぜりふ》の様に、東條父はビシッと言い放つ。

「あ、いや！　えっと、大変失礼しました!!」

晴翔は焦《あせ》った様子で慌てて頭を下げて謝罪する。

「あっはっはっは！　いやいや、冗談だよ大槻君」

対する東條父は、とても愉快そうに笑いながら「これ、人生で一度は言ってみたかったんだよ」と言う。

「……はぁ、びっくりしました」

「パパ……最低……」

冗談だと言われ、晴翔はホッと胸を撫で下ろし、娘の東條は父を剣呑《けんのん》な目で睨んで非難の言葉を呟いた。

東條父の冗談に晴翔は引き攣った笑いを浮かべながらも、手は休めずに夕食の準備を進めていく。

そんな彼のもとに、今まで母親と遊んでいた涼太が駆け寄ってきた。

「ねぇ、おにいちゃん」

「ん？　どうしたんだい涼太君？」

「おにいちゃんは一緒にご飯食べないの？」

純粋な眼差しで見上げてくる涼太に、晴翔は返答に困る。

晴翔の家事代行としての契約時間は、十五時から十八時までとなっている。そのため東條家の人達と一緒に夕食を食べるとなると、その契約時間を超えてしまう。

晴翔としては特に問題は無いのだが、東條家側からしたら、契約時間を過ぎても居座られて迷惑に感じるかもしれない。

そんな思いから、晴翔は涼太に「一緒にご飯は食べられないよ」と伝えようとする。しかし、それを言うよりも先に、東條父が口を開く。

「それはいい！　どうだい大槻君？　もし迷惑でなければ、君も一緒に夕飯を食べていってはどうかな？」

完全に乗り気になっている東條父に、晴翔は戸惑う。

「自分は全然迷惑とかではないのですが、一応仕事で来ていますので……」

言い淀《よど》む晴翔に、郁恵もニッコリと笑いながら言う。

「あらいやよ大槻君、さっきも言ったでしょ？　あなたは綾香のクラスメイトなんだから、もっと気楽にしてちょうだいって」

「ですが、その……東條さんは気まずくないですか？」

「全然構わないよ！」「私は大丈夫だよ」

晴翔の言葉に、父と娘の二人が同時に反応する。二人とも『東條』だから当たり前だ。声が被《かぶ》った後に、父親は娘と顔を合わせて「ははは」と笑い声を上げる。

「大槻君、その呼び方だと誰だか分らないね。なにせここにいるのは皆、東條さんだからね」

少し悪戯っぽい表情を浮かべながら言う東條父。

「ちなみに私の名前は修一《しゅういち》だ。東條さんではややこしいから、これからは名前で呼んでくれると嬉しいのだが」

そんな言葉に戸惑いながらも、晴翔は修一の要望に応《こた》える。

「えーと、分かりました修一さん」

晴翔の返事に修一は満足そうに頷く。

「では……修一さんは自分が夕食をご一緒しても宜しいのですか？」

「勿論《もちろん》だとも」

即答する修一に晴翔は苦笑を浮かべる。

「東條さ──あぁ……綾香さんもいいですか？」

晴翔は綾香に対して『東條さん』と言いかけるが、修一が「ん？」と愉快そうにピクッと眉を動かしたのを見て、名前呼びに切り替える。

「う、うん。私も大丈夫だよ」

男性からの名前呼びに慣れていないのか、彼女は少し頬を染めながら答える。

確かに、学校での彼女は常に女子に囲まれ、男子と会話をしている場面を晴翔はほぼ見た事が無い。あったとしても、授業の連絡事項を伝えたりしているくらいで、そんな状況で綾香を名前呼びする男子生徒は、少なくとも晴翔が通う学校には一人もいないだろう。

そこに晴翔は、親公認的な感じの流れで彼女を名前呼びする事になってしまった。

嬉しいような恥ずかしいような気まずいような、何とも複雑な感情を胸に抱く晴翔。そんな彼に、涼太は純粋無垢《むく》な喜びの笑みを向けてくる。

「今日はおにいちゃんも一緒にご飯？」

今までの会話の流れから、何となく晴翔が一緒に夕食を食べられると感じ取った涼太。彼はキッチンに立つ晴翔の服の袖《そで》をチョンチョンと軽く引っ張りながら、満面の笑みで言う。

そんな涼太の満面の笑みに観念した晴翔が、しゃがんで彼の頭を撫でながら言う。

「そうだね。今日は涼太君と一緒に夕飯だね」

「やったぁーー!!」

「それじゃあ、料理が出来るまであともう少し待っててね」

「うん！」

晴翔の言葉に大きく頷いた涼太は、再びリビングの母親のもとに戻っていく。

涼太の笑みに癒《いや》された晴翔は、東條家に最高の夕食を提供するために気合いを入れる。

今日のメニューは、レモン風味のクリームパスタとカボチャの冷製ポタージュ、そしてカプレーゼだ。暑さが続く真夏の夜でも、さっぱりと食べられる料理である。

晴翔は裏ごしして、滑らかになったカボチャに牛乳と生クリームを入れ撹拌《かくはん》すると、再び冷蔵庫に入れて冷やす。次にパスタを沸騰した鍋に入れて、その間にベーコンとアスパラをオリーブオイルで炒めていく。

ふわりとキッチンから漂い始める、ベーコンの香ばしい香りや、オリーブオイルの上品な香りに修一は表情を緩める。

「大槻君は誰から料理を教わったんだい？」

「祖母から教わりました。料理だけではなくて掃除や洗濯などの家事は、全て祖母の教えによるものです」

「ほほう、大槻君のお婆様はとても素晴らしいお方のようだね」

「有難う御座います」

修一に晴翔は頭を下げる。

晴翔にとって祖母は、家事全般においての師匠であり、その師匠が褒められると弟子である晴翔も自然と口角が上がってしまう。

それから暫《しばら》くして、晴翔は全ての調理を終えてダイニングテーブルに五人分の夕飯を並べる。

「まぁ！　なんかイタリアンレストランに来た気分ね！」

テーブルに並んだ料理を見て郁恵は顔を綻《ほころ》ばせる。

「大槻君ありがとう。さぁ、皆で食べようか」

修一のその言葉に東條家の人達が皆テーブルの席に着く。そこに、晴翔も少し遠慮がちに加わった。

「それじゃあ、頂きます」

手を合わせて言う修一に全員が『いただきます』と続く。

その後、涼太は物凄い速さでフォークを握ると、早速クリームパスタを巻き取って食べ始める。

「おいしいッ!!　おにいちゃん！　これすっごくおいしいよ!!」

「あらあら、涼太。もっと落ち着いて食べなさい。喉詰まらせちゃうわよ」

まるで飲み物を飲み込むかのような速度で、クリームパスタを口に掻き込む涼太に、郁恵が注意をする。しかし、パスタに夢中になっている涼太の耳に母の言葉は届くはずも無く、彼の皿の中身は既に残り僅かとなっている。

食べ始めてまだ三分と掛かっていないのに、もう完食しそうな勢いの涼太に、作り手である晴翔は笑みを浮かべる。

「涼太君、ちゃんとお代わりも用意してあるから、ゆっくり食べても大丈夫だよ」

「本当⁉　僕おかわりしたいっ‼」

晴翔の言葉に涼太は目を爛々《らんらん》と輝かせる。とそこに、弟の皿を見た綾香が窘める。

「ダメよ涼太。お代わりするなら、ちゃんと綺麗に全部食べてからにしなさい」

「あ、うん！」

姉の注意に、涼太は残り僅かになっているパスタをフォークで必死になってすくって食べる。

そんな彼の様子を晴翔は微笑ましく眺めていると、隣から遠慮がちに声が掛かる。

「大槻君、その～……お代わりは結構あったりするかい？」

声の主である修一に晴翔が視線を向けると、そこには綺麗に空になった皿があった。どうやら涼太よりも早く、父親の方が先に完食してしまったらしい。

「はい、大丈夫ですよ」

「そうか！　じゃあ、お代わりを貰おうかな」

「あ！　お父さんずるい！　僕もおかわり‼」

姉の言いつけを守って、食べ残し無く綺麗に食べ切った涼太が、父親に負けまいと皿を手に持って晴翔に差し出してくる。

東條親子のおねだりに、晴翔は苦笑を浮かべながら皿を受け取りキッチンへ行く。食べ盛りの涼太の事を考えて、多めに作っておいて良かったと思いながら、晴翔は二人分のお代わりを皿に盛り付ける。

涼太と修一にお代わりを運ぶと、二人はキラキラと表情を輝かせる。

さすが親子、リアクションが全く同じだと感心しながら、晴翔には二人が少し犬の様に見えてしまった。修一がゴールデンレトリバーで、涼太は豆柴といった感じだろうか。それぞれがご馳走《ちそう》を目の前にして尻尾《しっぽ》をブンブンと勢い良く振り回している姿を想像して、晴翔は表情がニヤけてしまいそうになるのを唇を噛《か》んで堪《こら》える。

「うふふ、あなたまでそんなにガッツいて、しょうがないわねぇ」

男達の反応に、郁恵が面白そうに笑みを浮かべて言う。

「この味は高級店そのものだよ。母さんもそう思うだろう?」

「そうねぇ、確かにこのポタージュも凄く滑らかで、味付けも完璧で美味しいわ」

「有難う御座います。お口に合って良かったです」

丁寧にお礼を述べる晴翔に、郁恵が興味深そうに尋ねる。

「ねぇねぇ大槻君。得意料理は何なのかしら?」

郁恵の質問に修一と綾香も興味を示して彼を見る。

涼太だけは周りの声が聞こえなくなっているらしく、目の前の料理に没頭している。

「そうですね……この前のハンバーグも自分の中では得意料理ですが」

晴翔は料理に関しては、和洋中と一通りできるが、師匠の祖母が和食を得意としていた為、必然的に晴翔の得意料理も和食のものが多い。

「肉じゃがとか筑前煮とかの和食は結構得意だと思います」

どちらも祖母が小さい時からよく作ってくれた、晴翔にとって馴染み深い料理だ。

「大槻君の肉じゃが、ちょっと食べてみたいかも……」

「あらあら綾香ったら、大槻君に胃袋摑《つか》まれちゃった？」

「なっ、ちょっとママ！　変な事言わないでよ！」

「うふふ、ごめんなさいね」

「もぅ……」

母の揶揄う言葉に、娘は唇を尖らせる。

「しかしまぁ、大槻君の料理はこれからも色々と食べてみたいのだが」

「そうねぇ、私もあなたの意見に賛成だわ」

修一の言葉に郁恵が賛同する。

「という訳で大槻君」

修一は改まって晴翔の方を向くと、ダイニングテーブルの後ろにある棚から一枚の紙を取り出して、それを晴翔に見える様にテーブルの上に置く。

「これは、定期契約のチラシ……」

「そう、君の家事に私達はとても満足している。だからこれからは、我が家の家事代行を大槻君指名で定期契約を結びたい」

修一の言葉に晴翔は驚いた表情をする。

「あの……えと、有難う御座います。とても、嬉しいです」

「いやいや！　お礼を言いたいのはこちらの方だよ」

「そうよ。これからよろしくね」

修一と郁恵が笑みを浮かべながら言う。晴翔は少し様子を窺う様に綾香へと視線を向けると、彼女も若干俯き加減に晴翔を見ながら言う。

「よろしくね、大槻君」

「よ、よろしくお願いします」

晴翔は戸惑いがちにお辞儀をする。短期で入っているアルバイトで、指名の定期契約を獲得するとは、全く想像していなかった。

大学に行く資金の足しになればと軽い気持ちで始めた家事代行サービスのアルバイトだったが、まさか学園のアイドルの家族に気に入られて、夏休みの間通うようになるとは。

晴翔には予想外の出来事過ぎて、一旦思考を放棄して口元にポタージュの髭《ひげ》を作っている涼太の口を拭き取ってあげた。

初めての感情、戸惑う心

東條《とうじょう》家と家事代行の定期契約を結んだ翌日。

空がようやく白み始めた真夏の早朝。晴翔《はると》は窓から吹き込む柔らかい風を受けながら、机の上に参考書を広げノートにペンを走らせる。

太陽が容赦なく照り付ける真夏の日々も、早朝であるこの時間帯はまだ幾分か涼しく、自室のエアコンの調子が悪い晴翔は、この時間に勉強する事が多かった。

彼は静寂に包まれている黎明《れいめい》の空の下、真剣な眼差《まなざ》しで勉学に励んでいたが、不意に聞こえてきた一羽の鳥のさえずりに、視線を窓の外に向ける。

「定期契約、結んじゃったなぁ……」

ふと彼の頭によぎるのは、昨日の東條家での出来事。

掃除をして綺麗《きれい》になった家を見て喜ぶ郁恵《いくえ》。料理を美味《おい》しそうに食べてくれる修一《しゅういち》と涼太《りょうた》。

そして『よろしくね、大槻《おおつき》君』と恥ずかし気に、しかし、少し嬉《うれ》しそうな感じで表情を綻《ほころ》ばせながら言う綾香《あやか》。

晴翔の家事に、満足そうな表情を浮かべる東條家の人達を思い出し、彼の表情は自然と笑顔になる。

「家事代行……結構やりがいあるな」

夜の帳《とばり》が地平線の明かりに押し上げられていく空を窓から見上げ、晴翔は一人呟《つぶや》く。

それから、暫《しばら》く勉強に精を出していた晴翔は下の階から人の動く気配を感じて、走らせていたペンを止め、参考書を閉じる。

「ばあちゃんも起きたかな？　そろそろ朝飯の準備をするか」

手に持っていたペンを置き「うぅ～」と大きく伸びをした後、晴翔は自室から出て一階の台所へと向かう。

「おはよう晴翔」

「おはよう、ばあちゃん」

台所ではすでに祖母が卵焼きを焼いていた。晴翔もその隣に立ち、昨日取っておいた出汁《だし》に火をかける。

「今日も朝から勉強していたのかい？」

卵焼きを作り終えた祖母が、それを皿に移しながら言う。

「うん、学生の本分は勉学だからね」

「あまり根詰め過ぎないようにね」

「大丈夫だよ」

祖母に返事をしながら、晴翔は切ったネギを出汁に投入する。その後、彼は冷蔵庫の野菜室を開ける。

「ばあちゃん、このほうれん草使っていい？」

「構わないよ」

祖母の了承を得た晴翔は、野菜室からほうれん草を二束《ふたたば》取り出して、ついでに豆腐も出しておく。電気ケトルでお湯を沸かしている間に、晴翔は豆腐を切って出汁に入れ、軽く沸騰したら火を止めてそこに味噌《みそ》を溶かしていく。

「そういえば晴翔や、アルバイトの方はどうだい？　上手《うま》くやれているかい？」

「バッチリだよ。ばあちゃんの今までの教えのお陰でね」

「そうかいそうかい、それは良かった」

祖母は、にっこりと笑いながらケトルで湧《わ》いたお湯を鍋に移し、コンロの火に掛けてほうれん草を軽く茹《ゆ》でる。

「バイト初日に、ばあちゃん秘伝のハンバーグを作ったんだけど、高級料理店みたいだって絶賛されたよ」

晴翔は炊飯器から炊き立てのご飯を茶碗《ちゃわん》によそいながら、少し誇らしげに言う。

「あらまぁ、そりゃ良かったねぇ」

「全《すべ》てはばあちゃんのお陰だよ。ありがとう、ばあちゃん。あ、ほうれん草冷やすのは俺《おれ》がやるよ」

晴翔は色が良くなったほうれん草を鍋からザルに移し、冷水で冷やす。その間に祖母は完成した味噌汁をお椀《わん》に注《そそ》ぎ、ご飯やおかずをお盆に乗せて居間のテーブルに運んでいく。晴翔もほうれん草の水をよく絞った後に包丁で切り分け、白出汁をサッと掛けてその上から鰹節《かつおぶし》と摺《す》り胡麻《ごま》をトッピングする。

「よし、朝ごはん完成っと」

晴翔はお浸しを小皿に移し、居間のテーブルに運んでそのまま座る。

「それじゃあ食べようかね」

「うん、いただきます」

二人は手を合わせ朝食を食べ始める。晴翔はまず祖母が作った卵焼きに箸《はし》を伸ばす。

「美味しいなぁ、ばあちゃんの卵焼き。なんでこんなに美味《うま》いんだろ？　俺と何が違うんだ？」

「晴翔が作ったのも十分に美味しいよ」

「いや、俺の卵焼きはまだまだばあちゃんには遠く及ばない……」

一口かじった後の卵焼きをジッと凝視しながら考え込む晴翔。そんな孫の様子に、祖母は目を細めて柔らかい表情を浮かべる。

「そういえば晴翔や、彼女はまだ出来ないのかい？」

「っ⁉　あ、うん……そうだね」

突然の祖母の質問に、晴翔は一瞬箸で摑《つか》んでいた卵焼きを落としそうになる。

「そうかい……晴翔ももう高校二年生だろう？　普通は彼女とかいたりするものじゃないのかい？」

「いやいやいや！　それは普通じゃないよ？　俺の学校は彼女いる奴《やつ》よりも、彼女いない奴の方が圧倒的に多いよ？」

「そういうものなのかい？」

祖母は晴翔の言葉に、少しだけ心配そうな表情を浮かべる。そんな祖母の表情に、晴翔は胸が押されるような悲しみを感じる。

最近、祖母は腰が悪くなってきている。その祖母が、晴翔の彼女の有無を気にしている。それがどういった理由なのかを察している晴翔は、途方に暮れそうになる気持ちをグッと堪《こら》え、笑みを浮かべる。

「そういうものだよ！　ばあちゃんの時代と今は全然違うんだから」

努めて明るい口調を意識しながら、晴翔は言葉を続ける。

「それに、いま彼女が出来たとしてもさ、その彼女と結婚するとは限らないんだし。俺まだ十七だよ？」

「まぁ、そうだねぇ……」

「そうだよ！　……だからさ、安心してよばあちゃん。いつかきっと、とびきり可愛《かわい》い彼女を紹介するからさ！」

晴翔は、彼にとってたった一人の家族である祖母に、自信満々といった様子で宣言する。

「あらそうかい？　じゃあ、楽しみに待っているよ」

孫の宣言に、祖母は和やかな笑みを浮かべた。

※

太陽が少し昇り始め、今日も猛暑となる予感を感じさせつつも、まだ過ごしやすい気温となっている夏の朝。健康維持に励む人達が朝ランニングに繰り出しているのを横目に、晴翔はゆっくりとした足取りで閑静な住宅街を歩いていく。

「彼女か……」

晴翔は朝食での祖母との会話を思い返す。

祖母の年齢とその先の人生の長さを考えると、残される孫について色々な事が心配になるのは当然である。その事が分かっている晴翔は「ふぅ」と短く溜息《ためいき》を吐《つ》く。

彼女を紹介する事が出来れば、きっと祖母は凄《すご》く喜んでくれるだろう。晴翔としても、祖母の喜ぶ顔は見たいし安心させてあげたいという気持ちはある。

「でもなぁ……」

今の晴翔には、彼女がいる日常というものが今一つイメージできない。それに、現状の彼は勉強に家事代行のアルバイト、そして空手道場通いとそこそこ忙しく充実した日々を送っている。

「彼女作ってる暇は無いよなぁ……」

そんな事を呟く晴翔の脳裏に、ふとある少女の笑顔が浮かぶ。晴翔が通う学校で一番可愛いと評判の少女の笑顔が。

「いやいや無理無理。皆藤《かいどう》先輩みたく散っていった男達の仲間入りはしたくない」

晴翔は頭を振って、脳内で笑いかけてくる少女を掻《か》き消す。

そんな事をやっているうちに、晴翔は目的地に到着する。彼の目の前にある門には、『堂島《どうじま》道場・極真空手』と書かれた艶《つや》のある厚めの木製看板が掲げられている。

晴翔は看板が掲げられている和風の門を潜《くぐ》り抜け、道場内に入る。

板張りの床に壁には『心技体』や『礼に始まり礼に終わる』等の心得が書かれた掛け軸が飾られている。息を大きく吸い込むと木の香りの中に僅《わず》かに混ざる汗の匂《にお》いに、晴翔は表情を綻ばせる。祖父の教育方針により、幼少期からこの道場に通っている晴翔にとって、ここは第二の家と呼べる場所であった。

「おはようございます！」

道場に上がり一礼する晴翔。そんな彼に、一人の大柄な男性が声を掛けてくる。

「おう晴翔おはよう！　今日は顔出したんだな。お前がいないと組手の相手がいなくてつまらん！」

「おはようございますカズ先輩」

晴翔が挨拶《あいさつ》する男性は、身長が二メートル近くありそうな大柄な体格に、髪は短く刈られ、サイドには三本ラインの剃《そ》り込みが入っている。

眼光は鋭く、細い眉毛《まゆげ》が更に彼の目付きの鋭さを際立《きわだ》たせている。そして極め付けは、こめかみ辺りから口元まで走る切り傷だ。何も知らない人がこの男性を見れば、十人中十人が裏社会の人間だと思うだろう。しかも、顔に走る傷を見て数多《あまた》の修羅場を潜り抜けてきた猛者《もさ》だと慄《おのの》き、無意識のうちに小指が付いているか確認してしまうはずだ。

しかし、晴翔は知っている。

彼の趣味はお菓子作りで、顔にある凶悪な傷は実は野良猫と戯れている時に付いた傷だと。そして、最近の悩みは子供好きなのに目が合うだけでギャン泣きされてしまう事だと。

その悩みで心底落ち込んだ彼を晴翔は小一時間掛けて慰め励ました事がある。

「組手となると皆、俺を避けるんだよ」

「まぁ、石蔵和明《いしぐらかずあき》の悪名はこの街に轟《とどろ》いていますからね」

「てめぇ、こら！　人の名前を勝手に悪名にするんじゃねぇ！」

石蔵にヘッドロックを掛けられた晴翔は「すみません、ごめんなさい」と謝罪の言葉を繰り返すが、その口元には笑みが浮かんでいる。ヘッドロックしている石蔵も楽しそうに、晴翔の頭に拳《こぶし》をグリグリと押し付けている。

幼少期から共に同じ道場に通う一歳年上の石蔵は、晴翔にとっては頼りになる兄貴分であり、石蔵にとっても晴翔は可愛い弟分である。そんな二人はこの道場の師範代を務めており、実力が拮抗《きっこう》しているライバルとしてお互いに切磋琢磨《せっさたくま》する存在でもある。

道場の入り口で石蔵と晴翔が戯れ合っていると、二人の背後から抑揚のない声が掛かる。

「カズ先輩、ハル先輩。入り口でイチャ付かないでください。邪魔です」

その声に二人が顔を向けると、そこには無表情を張り付けた一人の少女が道場の入り口に立っていた。

「おうおう、なんだ雫《しずく》？　愛しのハル先輩を取られて嫉妬《しっと》してんのか？」

少女に対し、おちゃらけた感じで挑発する様に石蔵が言う。

「そうです嫉妬です。だから、さっさと離れてください」

少女は相変わらず無表情で、淡々とした口調で言い放つと同時に石蔵を睨《にら》む。睨まれた石蔵は、晴翔から離れて両手を上げると、わざとらしくブルッと体を震わせる。

「おぉコワ。さすが堂島道場の一人娘。貫禄《かんろく》がありますな」

「貫禄があるなんて年寄り臭いので嫌です。私はピチピチでキャピキャピのＪＫなんですから」

真面目《まじめ》な表情（無表情）でふざけた事を言う少女に、晴翔は呆《あき》れたように言う。

「自分でピチピチでキャピキャピって言うのはどうなんだ？」

思わず突っ込みを入れてしまった晴翔。そんな彼に少女は視線を向ける。

「では、ハル先輩は私のこの完全無欠な美貌をどのように表現してくれるんですか？」

「いや、完全無欠な美貌って自分で言うのもどうかと思うけど……まぁ、そうだな。雫の可愛さはどっちかというと和風だから、あえて言うなら大和撫子《やまとなでしこ》とか？」

晴翔は少女の姿を一度サッと見渡してから言う。

先程から表情乏しくふざけた事を言っている少女の名は堂島雫。この道場の師範の一人娘である。

石蔵と晴翔、そして雫の三人は幼い頃《ころ》からの道場仲間であると共に、雫は晴翔と同じ高校に通う後輩でもある。

晴翔が通う高校で、男子から圧倒的かつ絶対的人気を誇っているのは、晴翔のクラスメイトであり、最近アルバイトで関《かか》わるようになった東條綾香である。しかし、この目の前にいる少女、堂島雫もまた男子からの人気が、特に同学年である一年生の中では高い人気を誇っている。

そんな黒髪ショートヘアの美少女である雫は、晴翔の『大和撫子』という言葉に、ピクッと眉《まゆ》を上げる。

「そんな事言って、ハル先輩は私を口説きたいんですか？　はぁ……しょうがないですね。仕方なく口説かれてあげます。感謝してください」

「いや、別に一ミリたりとも口説いてないんだが？　てか、そういう冗談を言う時はせめて無表情をやめてくれ」

　相変わらず無表情でふざけた事を言う後輩に、晴翔は溜息交じりに言う。すると雫は無表情のまま唇だけをニュッと尖《とが》らせる。

「ハル先輩のいけずぅ～」

「だから無表情やめろって」

「はっはっはっは！　雫、その変顔最高だぜ！」

　昔から冗談ばかり言う後輩に晴翔は頭を抱え、そんな二人のやり取りに石蔵は大声で笑う。

　昔から変わらぬ三人の関係に、朝方に晴翔の胸の内に僅かに浮かんでいた悲壮感は、すっかりと消し飛んでいた。

　その後、昼近くまで道場で汗を流した晴翔は帰り支度の為、道着から私服に着替える。そこで同じく私服に着替え終えている石蔵に呼び止められる。

「晴翔、ちょっと頼みたい事があるんだが」

　そう言う彼の手には、ケーキを入れる様な白い厚紙で出来た箱があった。

「ん？　何ですか？」

「いや、これなんだけどよ。あ、雫！　お前も来てくれ」

石蔵は近くを通りかかった雫も引き留める。

「何ですかカズ先輩？　愛の告白ですか？　ごめんなさい、私はハル先輩一筋なので」

ケロッとした表情で言う後輩に、晴翔は苦笑を向ける。

「もう少し恥じらいを持って言ってくれたら俺もグッとくるかもしれんけど、そんな真顔で淡々と言われてもなぁ」

溜息混じりに晴翔が言うと、雫は少し腰を捻《ひね》り首を傾《かし》げて、科《しな》を作り晴翔を上目遣《うわめづか》いに見る。

「どうですか？　グッときます？　悩殺されました？」

「……雫はまずポージングの前に表情筋のトレーニングをしろ」

「ハル先輩は女を自分色に染めないと気が済まないいんですね。困ったもんです」

「お～い、お前ら。そんなコントやってないで、俺の頼みを聞いてくれ」

晴翔と雫の会話に石蔵が呆れ顔で割り込む。そんな彼に、晴翔が真面目な顔を向ける。

「カズ先輩の頼みなら何でも聞きますよ。で、今回はどこの組を潰《つぶ》すんですか？」

「なんなりとお申し付けください、若頭」

晴翔の悪ノリに雫もノリノリで乗っかってくる。

普段の彼女は無表情なせいで誤解されがちだが、結構ノリのいい性格をしていて、こうやって晴翔のおふざけにもよく合わせてくれる。

「お前らなぁ……いい加減にしろよ?」

石蔵は揶揄《からか》ってくる後輩二人に凄んで見せる。強面《こわもて》の彼を知らない人であれば、子供どころか大人までもギャン泣きしてしまいそうな程に迫力がある。しかしながら、昔からの付き合いである晴翔と雫は、平然とした表情で石蔵の睨みを受け流す。それどころか、雫に至っては更に石蔵を揶揄う様な事を言う。

「よっカズ先輩、強面《こわもて》ガン付け日本一!」

「誰《だれ》が強面じゃ! はぁ……まぁいいや。取《と》り敢《あ》えず二人にこれ食って欲しいんだよ」

そう言って石蔵は手に持っていた箱から、ミニサイズのフルーツタルトを取り出した。

「え? これ食べていいんですか?」

「カズ先輩、私はこんなもので釣られる安い女じゃないですよ?」

「おう、食べてみてくれ。ってもう雫は食べてるじゃねぇか! 安い女だな!」

隣でむしゃむしゃと瞳《ひとみ》を輝かせてフルーツタルトを頬《ほお》張《ば》る雫を横目に、晴翔も一つ手に取って食べてみる。

「ッ⁉ これ滅茶苦茶美味しいじゃないですか! どこの店で買ったんですか?」

その美味しさに晴翔は目を見開く。

しっかりとした甘さを感じるカスタードクリームは、口に入れるとフワッと卵の濃厚な風味が鼻に抜け広がる。その後にフルーツの程よい酸味が、クリームの甘さを洗い流してサッパリとした後味になる。タルト生地のサクサクした食感もとても良いアクセントになっていて、晴翔はあっという間に一個食べ終わってしまった。

隣を見てみると、雫は既に二個目を完食しようとしている。

「こんなフルーツタルト売ってるケーキ屋なんて、この辺にありましたっけ？」

「あ～いや、実はこれ……俺が作った」

「え？」

「ぐふっ!!」

石蔵が放った衝撃発言に、晴翔は口をポカンと開け、雫は三個目のフルーツタルトを喉《のど》に詰まらせる。

「え!?　マジっすか!?　これを？　カズ先輩が？」

「砂糖すらも塩に変えてしまいそうな凶悪顔のカズ先輩が、こんな、こんな……」

「凶悪顔じゃねぇし、俺はそんな特殊能力持ってねぇ!!」

なんとも失礼な後輩達の反応に石蔵は語気を荒げる。

「いやでもカズ先輩、これはかなり美味しいですよ。店に並んでてもおかしくないクオリティです」

「お、おう。そうか？」

晴翔の言葉に、石蔵の怒りはスンと収まる。

「確かに、これはすぐにお店を開けるレベル。店名は『ギャップオブライトニング893』で決まり」

「よし雫、いっちょ俺と組手をやろうじゃねぇか」

「あ、私家のお手伝いしないと」

迫り来る石蔵から逃れる様に、雫はそそくさと道場と隣接している自宅へと逃げ込んでしまった。

「まったくあいつは、黙ってりゃ可愛いのに勿体《もったい》ねぇ」

「まぁ、あれが雫ですから。逆に大人しくて冗談も言わなくなったら、それはそれでちょっと怖い」

「確かにな」

晴翔の意見に石蔵も同意する。

「にしてもカズ先輩のフルーツタルト絶品でしたよ。いつの間にあんなにお菓子作りの腕上げたんですか?」

石蔵の趣味がお菓子作りだと知っている晴翔は、彼の作るお菓子がもともと美味しい事は知っていた。しかし、今日食べた物は今までよりも数段クオリティが上がっている様な気がする。

「いやぁ、今の時代ネットで調べればレシピなんて幾らでも出てくるし、動画とかも見れるだろ？　それでちょっと、本気で菓子作りを勉強してみた」

「へぇ、凄いですね。今度俺にも菓子作り教えてくださいよ。俺、洋菓子系はあまり作った経験ないんで」

「おう、いいぜ。今度一緒にケーキでも作ってみるか？」

「いいですねそれ。あっと、俺もそろそろ帰ります。バイトに行かなきゃいけないんで」

道場の壁に掛けてある時計を見て晴翔が言う。

今日から早速、定期契約を結んだ東條家の家事代行に行かなければならない。

「そっか、晴翔は夏休みにバイト始めたんだっけか」

「そうなんですよ。それじゃあカズ先輩また今度」

「おう、バイト頑張れよ」

晴翔は石蔵へ挨拶した後に道場を後にした。

道場から一旦《いったん》家に戻った晴翔は、家事代行の準備をして東條家へと向かう。その道中、晴翔は先程食べた石蔵作フルーツタルトを思い返していた。

「タルトとか作ってあげたら涼太君喜びそうだな」

無邪気に笑う涼太の姿を想像して晴翔は口角を上げる。

「茶碗蒸しとか、おはぎは美味しく作る自信あるけど、洋菓子はまだちょっとなぁ」

ケーキ等の基本的な作り方は知っているが、それだけで美味しく作れるほどスイーツ作りは甘くないという事を晴翔は知っている。

「食べたらあんなに甘いのに」

晴翔はしょうもない事を呟きながら、東條家へと向かう。

※

東條家の前に到着した晴翔は、軽く深呼吸をしてからインターフォンを押す。今回が家事代行としての三度目の訪問となるが、やはり始めは少し緊張してしまう。

そんな晴翔の緊張を遠くの彼方《かなた》まで吹き飛ばしてしまいそうな、元気一杯の声がインターフォンから響き渡る。

『おにいちゃんッ⁉』

涼太の弾むような声が聞こえてきた後、姉である綾香の注意も聞こえてくる。

『こら涼太！　違う人だったらどうするの！　最初はどちら様ですか？　って聞いてその後に、ご用件は何ですか？　っておにいちゃんって分かるよ？』

『でも画面でおにいちゃんって分かるよ？』

『分かっててもそうするの』

『はーい』

インターフォンから聞こえてくる東條姉弟の会話に、玄関前に立っている晴翔は思わず「ふふ」と笑みを溢《こぼ》す。そんな彼の耳に、姉の注意を素直に受け入れた涼太の声が入ってくる。

『おにいちゃんはどちら様ですか？』

「ふふッ……ゴホン……大槻です」

涼太の尋ね方が、絶妙な具合に笑いのツボに入った晴翔は、咳払《せきばら》いで笑いを誤魔化《ごまか》す。

『おにいちゃんの、かじだいこうはご用件ですか？』

「ふー……はい、本日も家事代行でお伺い致しました」

綾香の注意を受け入れようとするも、なんだか日本語が可笑《おか》しな事になっている涼太に、再び晴翔は息を細く吐いて笑いを堪える。

『ごめんね大槻君、いま涼太に玄関開けさせるから』

おそらく綾香も笑いを堪えているのだろう、若干震える声がインターフォンから聞こえてくる。

そのすぐ後に、玄関の扉の向こう側からズダダダッという音が聞こえてきて、扉が勢いよく開け放たれる。

「おにいちゃん!!」

「やぁ、涼太君。こんにちは」

弾《はじ》けるような笑顔で出迎えてくれた涼太に、晴翔も和やかな笑みを返す。

涼太は晴翔が来るのを待ちわびていたらしく、彼の腕を摑むとグイグイと家の中に引っ張ってくる。

「おにいちゃんは、てーきけーやくなんでしょ？　これからずっと家に来てくれるんでしょ？」

「えと、ずっとじゃないけど、夏休みの間は涼太君と会えるよ」

「てーきけーやくは夏休みの間はずっと？」

「あはは、そうだね」

涼太も定期契約については何となく理解しているらしく、何度も「てーきけーやく」とはしゃぎながら繰り返している。

晴翔が東條家と結んだ家事代行の定期契約。その契約内容は、週三日の一日三時間となっている。

涼太に腕を引っ張られながら晴翔がリビングに入ると、そこには奥のダイニングテーブルでパソコンを広げてテレワークしている郁恵と、ソファに腰を下ろしている綾香の姿があった。

「いらっしゃい大槻君。今日もよろしくね」

パソコンから顔を上げて郁恵が挨拶をする。

「はい、よろしくお願いします」

晴翔は一度深くお辞儀をした後に、姿勢を正して郁恵の方を向く。

「昨日は定期契約を結んで下さり有難う御座いました。これからも満足のいく家事代行サービスを提供できるよう誠心誠意、努めていきたいと思っておりますので、今後ともどうぞ宜《よろ》しくお願い致します」

再度、深々と頭を下げる晴翔に郁恵は「あらあら」と楽しそうな表情を見せる。

「もっと砕けた感じでいいわよ？　その方がこっちも気楽でいいわ。ね、綾香もそう思うでしょ？」

「え？　あぁ、うん。大槻君がそこまで丁寧だとちょっと落ち着かないかも」

「ほら！　綾香もこう言ってるし」

娘の同意を得た郁恵が、ニッコリと晴翔に笑みを向ける。

「その……善処していきたいと思います」

郁恵の要望に苦笑を浮かべる晴翔。

東條家には、あくまで仕事として来ている。そう意識する様にしている晴翔にとって、砕けた感じで対応してほしいという要望はなかなか酷《こく》なものであった。

何故《なぜ》なら、東條綾香という『学園のアイドル』の家で、しかもその家族に気に入られてしまったとなれば、思春期男子の晴翔としては色々と勘違いしてしまいそうだからだ。

そうならない為にも彼は、家事代行の依頼主とスタッフという関係性をハッキリとしておきたい。

しかし、東條家の人達はどうやら晴翔と親しく接したいらしい。

その親しく接したい筆頭である涼太が、再び晴翔の腕を引っ張る。

「ねぇねぇ、おにいちゃん。また、窓のそうじする？」

「それは前回やったから、今日はやらないかな？」

期待に満ちた眼差しを向けてくる涼太。晴翔は少し困ったような表情を浮かべて、郁恵の方を見る。彼の視線を受けた郁恵は、ベッタリと晴翔にくっ付いている涼太の様子に「うふふ」と笑みを溢しながら、今日の家事の要望を伝える。

「今日はね、外にある物置の整理をして欲しいのよ。それが終わったら、夕飯を作り始める時間まで涼太の相手を頼めるかしら？」

「承りました」

晴翔は郁恵に頭を下げて要望を承諾すると、しゃがんで涼太と目線を合わせる。

「涼太君、お掃除が終わったら、一緒に遊ぼうね」

「ほんとッ⁉」

晴翔の言葉にテンションが上がった涼太が、その場で跳ねて喜ぶ。そんな弟の様子に、綾香が苦笑を浮かべる。

「ほら涼太。大槻君が掃除をしている間は私と遊んでましょ」

「うん！」

綾香は涼太の手を引いて、晴翔から引き剝《は》がす。

「郁恵さん。整理する物置はどこにありますか？」

晴翔が尋ねると、郁恵はパソコンを閉じて立ち上がる。

「案内するわ。付いて来てくれるかしら」

郁恵はそう言うと、一旦玄関から外に出る。東條邸は豪邸という事もあり、その敷地も結構な広さがある。その敷地の一角に少し大きめの物置があった。

「この物置の中を整理したいのよ。前から修一さんにお願いしようと思ってたんだけど、なかなか仕事が忙しくてねぇ」

そう言いながら郁恵は物置の扉を開く。

「結構びっしりと物が詰まっていますね」

郁恵の背後から、物置の中を覗《のぞ》き込み晴翔が言う。

「そうなのよ。使わない物は取り敢えずここにしまっていたら、気付いたらパンパンになっちゃってて」

困ったように顎《あご》に手を添える郁恵。

物置の中には、もう使わないであろうベビーカーや、昔の綾香が乗っていたかもしれない古びた一輪車などの遊具。そして壁際には天井《てんじょう》付近まで衣装ケースが積まれていた。

「物置の整理はどのようにしましょうか？」

「そうね。取り敢えず中の物を外に出してもらえるかしら？　そしたら後で要るものと要らないものを仕分けるわ」

「承知しました。それじゃあ取り敢えず中の物を物置の前に並べていきますね」

「はーい、お願いね大槻君」

郁恵はにこやかな笑みを浮かべると、物置の整理を晴翔に任せて家の中に戻っていく。彼女の背中を見送った後、晴翔はシャツを腕捲《うでまく》りして気合いを入れる。

「よっしゃ、やるか」

晴翔は手前の物から順番に、物置の物を外に出して並べていく。その時に仕分けがしやすいように、ある程度物をジャンル分けして置いていく。

古びた炊飯器を外に運び出しながら、晴翔は一人呟く。

「こんなのを捨てずに取っておくなんて、意外と東條家の人達は貧乏性なのかな？」

修一も郁恵も二人そろって会社の経営者で、お金持ちの分類に入ると思うのだが、二人からは驕《おご》ったような雰囲気は感じられない。もちろんその子供である綾香と涼太も、我儘《わがまま》であったりとか傲慢《ごうまん》であるといった、甘やかされて育ったようなボンボン感は全く感じられない。

実際、晴翔がこの家事代行のアルバイトで東條家に来るまで、綾香がお金持ちのお嬢様だったなんて晴翔は全く知らなかった。

「お金持ちお嬢様キャラの東條さんもちょっとは見てみたいけど」

晴翔は脳内で「お～ほっほっほ」と高笑いする綾香を勝手に想像して一人ニヤける。

そんな彼の背後から、不意に声が掛けられる。

「大槻君」

「ッ⁉　と、東條さん、あ、あの、どうかされましたか？」

突如背後に現れた綾香に、寸前まで彼女のキャラを勝手に想像していた晴翔は少し後ろめたい感情を覚えて、動揺したように返事をしてしまう。

「あ、ごめんね。後ろから急に話し掛けちゃって」

「いえ、全然大丈夫です」

申し訳なさそうに謝る綾香に、晴翔は何でもないという風に手を振る。

「あのね。ママがいっぺんに全部やるのが大変だったら、今日は半分だけでもいいよって」

「あぁ、でも取り敢えず中の物を外に出すだけならそんなに時間もかからないので、今日で全部終わらせちゃいます」

そう言う晴翔に綾香は感心した眼差しを向ける。

「大槻君って力持ちで体力もあるんだね。もしかして普段筋トレとかしてるとか？」

「いえいえ、普通の男子ならこんなもんですよ」

「そうなのかなぁ？」

少しだけ首を傾げて見詰めてくる綾香に、晴翔は気恥ずかしさを感じて「そうですよ」と小さく返しながら、彼女から顔を逸《そ》らす。

「あ！　この一輪車、ここにしまってたんだ」

綾香は物置の中に一輪車を見付けると、晴翔の横を通り抜けて物置の中に入る。そして一輪車に手を添え、昔を懐かしむ様な笑みを浮かべる。

「小さい頃、よくそれで遊んでたんですか？」

「うん、確か小学生の一年生か二年生の時の誕生日プレゼントでパパが買ってくれたんだ」

綾香はそう言いながら一輪車を撫《な》でて「懐かしいなぁ」と呟く。

「いまでも一輪車乗れるかな？　ねぇ、大槻君。ちょっと乗ってみてもいい？」

ちょっとワクワクした表情で聞いてくる綾香に、晴翔も自然と笑みを浮かべながら頷《うなず》く。

彼の了承を得た綾香は、早速物置から一輪車を出して跨《またが》る。

「わぁ、一輪車ってこんな感じだっけ？」

「大丈夫ですか？　コケたりしませんか？」

「あー！　大槻君いまバカにしたな？」

晴翔の言葉に綾香はプクッと頰《ほお》を膨らませる。そんな可愛らしい反応を見せる彼女に晴翔は笑いながら「すみません」と返す。

「私、結構一輪車得意だったんだから。見ててよ」

綾香はそう言うと、サッと一輪車を漕ぎ出す。両手を左右に広げて上手い事バランスを取りながら彼女は晴翔の周りをクルクルと回ってみせる。

「おぉ、本当に上手ですね」

「ふふーん、でしょ？」

綾香は得意な顔を浮かべながら晴翔の周りを回り続ける。とその時、おそらく何年も使わずに放置していたせいで、一輪車の車輪のベアリングの回りが悪くなっていたのだろう。ギギッという音と共に、急に車輪の動きが悪くなる。意図せずブレーキが掛かった状態になった綾香は、完全にバランスを崩して倒れ込んでしまう。

「キャッ⁉」

「危ないッ‼」

短く悲鳴を上げる綾香。

晴翔は瞬時に腕を伸ばすと、綾香を横から抱きかかえる様な形で、彼女が地面に衝突するのを防ぐ。

「大丈夫ですか？」

何とか綾香に怪我《けが》をさせずに済んだと、晴翔はほっと胸を撫で下ろしながら彼女に声を掛ける。対する綾香は、驚いた様な表情のまま、抱きかかえている晴翔の方を見上げる。

「う、うん。はぁーびっくりした。ありがとう大槻く……ッ⁉」

綾香は途中で言葉を詰まらせる。それと同時に晴翔の顔をジッと見詰めたまま固まってしまった。

「どうしました？　どこか怪我しましたか？」

「……………ううん。大丈夫……」

「えと……あ！　すみません！」

少し上の空の様な返事を返す綾香に、晴翔は首を傾げるが、すぐに自分が綾香を抱きしめて密着している状態だと気が付いて、慌てて彼女から離れる。

「ごめんなさい。その、勝手に抱きしめたりしちゃって」

「お、大槻君が謝る事無いよ！　受け止めてくれてなかったら私、怪我してたかもだし、その……ありがとう大槻君」

「いえ、あの……どういたしまして」

「うん……」

何となく気まずい空気が二人の間に流れる。そんななかで綾香がぎこちなく話し始める。

「その……わ、私、ママの伝言を伝えに来ただけだから！　だから……お、お仕事がんばってね！」

綾香は無理矢理会話を終了させると、ぱっと踵《きびす》を返して若干慌てた様に家の中に入ってしまった。

晴翔はそんな彼女の背中を眺めながら、ぽつりと一言呟く。

「柔らかかったなぁ……」

彼が物置の整理を再開するのには数分の時間を要した。

※

私はさっきからうるさい胸の鼓動を落ち着かせるように、片手で胸を押さえながら、背中を玄関の扉に預ける。

な、なんで？　なんでこんなに鼓動が激しくなってるの⁉

一輪車からコケそうになった私を大槻君が受け止めて助けてくれた。その時の、彼のガッシリとした腕から伝わってくる力強さ。それと、至近距離に迫っていた、私を心配そうに見てくる表情。それを思い出しただけで、私の心は何かに搔《か》き乱された様に苦しくなる。

何とか落ち着こうと、玄関で何回か深呼吸をしていると、リビングの方からママの声が聞こえてきた。

「綾香？　大槻君に伝えてくれた？」

「あ、うん」

私はもう一度大きく深呼吸をしてから、リビングに向かう。

大丈夫、ちょっとは鼓動も落ち着いてきた。きっと倒れそうになってビックリしたから、鼓動が速くなっただけだよね？　うん、きっとそう。そうに決まってる。

「大槻君、なんて言ってた？」

リビングに入ると、ママがパソコンで仕事をしながら私に聞いてくる。

「そんなに時間が掛からないから、今日で全部終わらせるって」

「あらそう？　さすが、若い男の子は体力があるわね」

感心したようにママは大槻君を褒める。

ママはすっかり大槻君の事を気に入っちゃったみたい。掃除も料理も完璧《かんぺき》にこなしてくれる彼の事を完全に信頼している。

ママは大槻君とまだ二回しか会ってないのに、こんなにも気に入るなんて……。

会社の経営者として沢山の人を見て関わってきたママは、結構人を見る目が厳しかったりするんだけど、そんなママが大槻君の事を認めてる。

という事は、大槻君ってかなり優秀な人だったりして？　でもそっか、彼は確か勉強も学年一位なんだっけ。それに加えて、家事も完璧で涼太みたいな子供にも好かれて優しくて……

え？　ちょっと大槻君スペック高すぎない？

「綾香？」

「なにママ？」

「何か顔、赤くなってない？　もしかして大槻君と何かあったのかしら？　んん？」

「ッ⁉　べ、別に何もないよ！」

ママの探るような視線が怖くて、私はつい顔を逸らしちゃう。前もママは大槻君の事で揶揄ってきたけど、今はやめて欲しい。いま大槻君の事で揶揄われたら、私の胸の中がグチャグチャになっちゃいそう。

「ねぇねぇ、おねえちゃん。おにいちゃんの掃除はまだ終わらない？」

「え？　うん、多分もう少しかかると思う」

「早くおにいちゃんと遊びたいなぁ」

涼太は完全に大槻君の虜になっちゃってる。昨日一緒に掃除をしてから、涼太はすっかり心を開いて懐いてる。

まぁ、確かに？　大槻君は物腰が柔らかくて、落ち着いた雰囲気で優しいから、涼太が懐くのも分かるんだけどね。涼太の相手をしている時の大槻君は、なんか優しいお兄さんって感じがして、ちょっと素敵だったり……。

……なんか思い出したらちょっと顔が熱くなってきちゃった。なんで？

何だろう……さっきから大槻君の事を考えると、胸が苦しくなって顔が熱くなってくる。

え？　これってもしかして……私、大槻君の事……。

「ないないない！　絶対にない！　それはない!!」

私の頭に浮かぶ一つの答え。その答えを私は全力で否定する。

「おねえちゃん？　どうしたの？」

「な、何でもない！　あ！　そうだ！　私、今日夏休みの宿題物凄くやる予定だったから部屋に戻らないと！　いいでしょママ？」

「あらそう？　じゃあ涼太、私と一緒に遊びましょうか」

「うん！」

私は涼太の相手をママに任せる。そして、急いでリビングを出て二階の自分の部屋に入ると、そのままベッドにダイブした。

「うぅ～……」

私は枕《まくら》に顔を埋めて意味も無く呻《うめ》き声を上げる。

私、何でこんなにドキドキしてるの？

嘘《うそ》でしょ？　嘘だよね？　私、大槻君の事好きなの？

「待って！　ちょっと待って！　落ち着こう私。一旦落ち着こう」

私はベッドの上で深呼吸をして心を落ち着かせる。

「冷静になって考えなさい私」

そう、落ち着いた心で考えるのよ綾香。

確かに、大槻君は魅力的なところがあるかもしれない。落ち着いた雰囲気で礼儀正しいし、ガツガツしていないし、私の事を外見だけで判断してなさそうだし、涼太に凄く懐かれているし、面倒見がよくて優しいし、料理が上手で掃除も完璧で、身体《からだ》を鍛えているのか筋肉も意外としっかり付いてて、あ、あとママもパパも大槻君の事気に入ってる………ん？　あれ？

大槻君って魅力的な所があるというか……魅力の塊？

「ストップ！　ストーーップ‼　早まっちゃダメ！　そう、冷静に、慎重に考えないと！」

大槻君には魅力が沢山詰まっている。そこは認める。うん、認めざるを得ないよね？

問題は、そんな大槻君の事を私が好きなのかどうかという事。

私は自分の胸に手を添えて考えてみる。

どうだろ……大槻君の事は……まだ、まだ好きとは言えないよね？

だって、好きになるには時間が短すぎるもんね？　これじゃあ、今まで私が理解できないって散々言ってきた一目惚《ひとめぼ》れと同じになっちゃうもん。

私が大槻君に一目惚れ？　ないない、それはない！　絶対にない‼

「……ない……よね？」

ああ！　もう‼　分からない！　自分の気持ちが分からない！　なんかモヤモヤする‼

なんで？　なんでこんな気持ちになってるの？　さっきの一輪車のせいなの？　大槻君に抱き締められたから好きになっちゃったの？

「そんな事ある？　だってただ少し抱き締められただけだよ？　しかも大槻君は私を助けようとしてくれただけだし」

私の恋の理想は、挨拶を交わす様な間柄から徐々に仲良くなっていって、一緒に遊ぶような友達になってお互いを知って、それから意識する様になってからの恋。

それが、一輪車で倒れそうになったところを抱き締められて助けられて恋に落ちるなんて、そんなの交通事故に遭う様なものじゃない！

「もし大槻君の事を好きになるなら、まずは友達にならないと。そして仲良くなってからの恋人だよね。うん、これが健全な恋っていうやつだよ」

私は一人腕を組んで、うんうんと頷く。

て、あれ？　なんか私、勝手に大槻君と恋人になる前提で物事考えてない？

これってやっぱり……私は大槻君が……。

「あうわぁ～～!!　違う！　違うんだってば～！」

まだ！　まだなんだってば！

大槻君を好きになるのには、まだ早すぎるし彼の事を知らなさすぎる。そう！　私はまだ大槻君の事を何も知らない！　なのに好きになるなんてない！　有り得ないから！

だってあれだよ？　大槻君を好きって事は、彼と恋人になりたいって事だよ？

大槻君が恋人、私の彼氏だとしたら……。

「……家族にも気に入られてるし、意外と……あり……かも？」

想像して私の顔はカァーと熱くなる。

恥ずかしくなった私は、顔を両手で覆《おお》って左右に振って気を紛らわす。そんな私の耳に、リビングから涼太のはしゃいだ様な笑い声が聞こえてきた。

大槻君、もう物置の整理を終わらせたんだ。きっと今は、涼太の相手をしてくれてるんだろうなぁ。

いいなぁ涼太は、自分の気持ちに素直になれて。思ったままに『おにいちゃん好き！』とか言えるんだもんなぁ……。って！　何考えてるの私⁉　べ、べつに私も自分の気持ちに素直になったとしても『大槻君好き』なんて絶対に言わないし！　そもそも私はまだ彼の事好きになってないし！　……たぶん……。

あぁーもう！　そもそもこんなに大槻君を意識しちゃうのは、咲《さき》が「綾香と大槻君は相性がいい」だとか、ママが私に「大槻君に見惚《みほ》れちゃった？」とか言うからだよ！　だからこんなにも、私は大槻君を意識しちゃったんだよ！

そんな事を考えている私の視界に、ふと本棚に詰め込まれた恋愛漫画が入る。途端、あるアイディアが閃《ひらめ》いた。

「そうか！　実際に自分の気持ちを確かめてみればいいんだ！」

恋愛もので恋に落ちたヒロインは、その恋する男性と目が合っただけで鼓動が高鳴ってドキドキしているし、会話を交わしただけでフワフワと幸せな気分になってる。

今の私が大槻君と目を合わせたり、会話を交わしたら、漫画のヒロインみたいにドキドキしたりフワフワしたりするのか？

もし、それで私の心に変化が無ければ、それはまだ大槻君の事を好きになっていないという事だよね？

反対に、大槻君に対してキュンキュンしてしまえば、それは……つまり……そういう事だよね。

「そうしたら私は……どうすれば……」

今まで誰かを好きになった事なんて一度も無いから、どうすればいいのか分からない。

「……まぁ、それはその時考えればいいよね。まずは自分の気持ちを確かめないと」

私は大槻君の事をどう思っているのか。それを確かめようと決心した時、階段の下からママの声が聞こえてくる。

「綾香ぁー。また涼太が大槻君の買い物に付いて行くって言ってるから、今日も付き添いお願いできるかしら？」

「うん分かった！　今行く！」

ちょうどタイミングよく大槻君とお出掛けする口実も出来たし、そこで彼と目を合わせてみて自分の気持ちを確かめる！

私は決意を胸に、外出する準備を整えて、自分の部屋から出て玄関に向かう。そこにはすでに大槻君と涼太が私を待っていた。

「おねえちゃん遅いよ！」

「涼太がせっかちなのよ」

昨日と同じような事を言ってくる弟に、私は外靴に履《は》き替えながら適当に返事をする。

「ねぇおにいちゃん。せっかちってなぁに？」

「せっかちっていうのはね。何でも急いでやろうとする人の事だよ」

涼太の質問に、大槻君は柔らかい笑みを浮かべながら丁寧に答えている。私は、そんな二人の手に視線が向いちゃう。

今日は外に出る前から、手を繋《つな》いでる。

きっと大槻君は、涼太が勝手に飛び出したりして車とかに轢《ひ》かれないように手を繋いでるだけだろうけど。何だろう、ちょっと……心がモヤッとする。

「それじゃあ、行きましょうか」

大槻君はそう言って、涼太の手を引いて外に出る。私も二人の後に続いて外に出た。

自分の気持ちを確かめる事に、不安、期待、恐怖、そして、少なくない高揚感を覚えながら、涼太と並んで歩く大槻君の背中をジッと眺める。

※

スーパーに向かう道中、私は大槻君に今日の夕飯について尋ねる。

「大槻君、今日の夕飯は何を作る予定なの？」

「今日は冷やしおでんにしようかなと思っています」

涼太を肩車しながら答える大槻君に、私は思わず驚いた表情を浮かべちゃう。

「おでんってそんな食べ方あるの？」

普通は寒い日に、熱々のを食べるのがおでんだと思っていた。それをこんな真夏の暑い中で、冷やして食べるなんて、ちょっと想像できない。

「きっと美味しいので、満足して頂けると思いますよ」

大槻君はニコッて私に笑い掛けてくる。

優しそうな穏やかな笑みの中に、少し自信の籠《こも》ったような得意げな表情も混ざってて、そんな彼と目が合っちゃった私は、心臓がドクンと大きく跳ねる。

ちょッ⁉ ちょっと待って⁉ 私、いま胸がときめいちゃった⁉ いまのって胸キュンっていうやつ⁉

つまり、私は大槻君の事が……。

いやいやいやいや！ 待って、まだ分からない！

今のは大槻君の表情にキュンとしたんじゃなくて、『冷やしおでん』っていう予想外の料理名にドキドキしちゃっただけかもしれない！ いや、きっとそう。うん、このときめきは『冷やしおでん』に対してのときめきだよ。ふぅ～、危なく勘違いしちゃうところだった。

「おにいちゃん、そのおでんには卵も入ってる？」

「入っているよ。涼太君は卵が好きかい？」

「うん！　卵すき！」

涼太は大槻君の頭上で嬉しそうに言う。二人の間に流れる楽しそうな雰囲気に、私はなんだか漠然としたイメージを抱く。

大槻君って将来、いいパパになりそう……。

「おねえちゃん？　なんで変な顔してるの？」

「へあッ⁉　べ、別に変な顔してないわよ！　普通よ普通！」

「普通じゃないもん！　おねえちゃん変な顔してたもん！　でへへぇ～みたいな顔だったもん！」

「でへへぇ～ってどんな顔よ。まったく涼太は、あまり可笑しな事言ってるとお姉ちゃん怒るわよ？」

「僕は可笑しくないもん！　可笑しいのはおねえちゃんだもん！　おにいちゃんも見たでしょ？　おねえちゃんの変な顔。でへへぇ～っていう顔」

ちょっと！　そこで大槻君に話を振らないで！

「ちょっと見逃しちゃったかな。そろそろスーパーに着くから一旦降りようか涼太君」

話を振られた大槻君は、話題を逸らす様に、涼太を肩車から降ろす。

良かった、大槻君には見られてなかった……で、でも一応念を押しておかないと。

「大槻君。私べつに変な顔なんてしていないからね？」

「そうですね。東條さんは顔が整ってるので、変顔とかあまり想像できませんしね」

「ッ⁉」

いきなり不意打ち過ぎないッ⁉　そういえば昨日も大槻君、サラッと私の事可愛いって言ってきたよね？　もしかして大槻君って天然？　これは要注意、警戒しなければ！

「今日の食材は何を買う予定なの大槻君？」

私は内心の動揺を必死に隠しながら、平静を装って彼に尋ねる。

「そうですね。卵は冷蔵庫にあったので、買うのは大根、トマト、カボチャは昨日一個丸ごと買ってあるし、後はさつま揚げとかの練り物があれば買いましょうか」

「おでんにトマト？」

「はい、あとトウモロコシとか入れてもいいかもしれません」

大槻君が上げていく食材が意外過ぎて、私は冷やしおでんのイメージが全然わかない。

「その冷やしおでんって大槻君オリジナル料理だったりする？」

「いえいえ、まさか。普通に検索すればレシピとか沢山出てきますよ？」

彼の言葉に私がスマホで検索してみると、確かにいくつかのレシピがすぐに出てきた。

「ほんとだ。確かに材料の所にトマトって書いてある」

「でしょ？　意外とおでんの出汁とトマトって合うんですよ？」

「……ッ、へ、へぇーそうなんだね」

また大槻君はニッコリと笑みを向けてくる。そんな彼の表情を私は何だか直視できなくて、サッと顔を背《そむ》けてしまった。

て、なんで目を逸らしてるのよ私！　ちゃんと大槻君と目を合わせて、自分の気持ちを確認しなきゃでしょ！

「おにいちゃん！　大根あるよ！」

「今日は百五十八円か……」

「安い？　高い？」

「う〜ん、この時期にしては安い、けどもっと安い日もあるかな」

大根の値札を真剣な表情で見詰める大槻君。彼の視線が大根に向いている隙《すき》に、私も自分の気持ちを知る事にドキドキしながら、大槻君の横顔をジッと見詰めてみる。

う〜ん、どうだろ？　胸はときめいているかな？

私は自分の胸に手を当てて鼓動を確認してみる。

いつもよりは少し早い……かな？　でも……恋に落ちているって感じでも……。

分からない。もう少し近くで、大槻君の様子を見てみようかな。

そんな事を考えていると、不意に大槻君の視線が、大根の値札から私の方へとスライドしてきた。途端、彼の横顔をガン見していた私は、バッチリ大槻君と目が合ってしまう。

「――ッ‼」

目が合った瞬間、心臓が止まるんじゃないかと思う程にドクン‼　って胸が高鳴った。

「東條さん」

「ひゃい！」

あぁ！　なんか変な返事しちゃった！　恥ずかしすぎて死にそう……。

「この大根は買いだと思います？」

「あ、えと……買いだと思います。おでんに大根は欠かせないので……」

「ですよね」

大槻君は私の意見に一つ頷くと、売り場から一本大根を手に取って買い物かごに入れる。

はふぅ～……びっくりした。というかさっきの返事……ひゃい！　って何なの私……もう今すぐにでも部屋に戻ってベッドにダイブしたい気分。

あれ？　ちょっと待って？　いま私、大槻君と目が合った瞬間、ドクンってなってた？　漫画のヒロインみたくなっちゃってた？

という事は……やっぱり私、恋に落ちて……。

待て待て待て！　まだ分からないよ！

さっきのは急に目が合ったから、それにびっくりしただけかもしれない。いや、きっとそう。

びっくりしたからドクンってなっちゃっただけ。それだけ。

次だよ。次目が合って、その時も胸が高鳴ったら、その時は……その時こそちゃんと自分の気持ちを判断しよう。うん、そうしよう。

私はふーって息を吐き出して心を落ち着かせる。と、その時涼太からの視線を感じて顔を向けると、大槻君の隣にいる涼太が私の事をジッと見詰めてきていた。

「な、なに涼太？」

「ううん。何でもな〜い」

涼太はそう言ってプイッと私から顔を逸らす。

わ、私なんか様子変だったかな？　涼太に悟られるほど挙動不審だった？　というか、涼太が大槻君に余計な事を言わないか凄く不安……。

「東條さん。次は練り物見に行きましょうか」

「あ、う、うん」

ちょうどトマトを買い物かごに入れた大槻君が私の方を見ながら声を掛けてくる。それに対して、私は慌てて視線を逸らす。

危なかった……大槻君と目が合うところだった。まだ、心の準備ができてないから、今大槻君と目を合わせるわけにはいかない。

だってこんなに心が、気持ちが乱れている時に冷静な判断なんて出来ないからね。ちゃんと落ち着いた状態で、自分の気持ちを判断しないと。まずはこのドキドキとうるさい鼓動を鎮めなきゃね。

そう思いながら、大槻君の後について買い物をしてたんだけど、結局彼と一緒にいるときはずっと胸が高鳴ったままになっちゃってて、自分の気持ちを確かめる事が出来ないまま、家に帰ってきちゃった。

「それでは早速夕飯の準備に取り掛かりますので」

「あ……うん。お願いします」

大槻君はそう言って買ってきた食材をキッチンに運ぶ。

どうしよう、このままじゃいつまで経《た》っても自分の気持ちを確かめられないよ。

私はさっきからずっとドキドキしている胸を押さえる。そこに、ダイニングテーブルでパソコン仕事をしているママがお礼を言ってくる。

「ありがとうね綾香。昨日今日って買い物に付き添ってくれて」

「ううん、全然大丈夫。気にしないで」

「そういえば今日は物凄く宿題やるんでしょ？　涼太は私が見てるから部屋に戻っていいわよ」

「え？　あぁ……宿題はさっき結構進んだから、今日はもういいや」

「あらそうなの？」

いま部屋に戻ったら、大槻君と目を合わせて自分の気持ちを確認するっていう大事な目的を達成できなくなってしまう。そうなったら私は、今日の夜大槻君が好きなのか好きじゃないのか気になって眠れなくなっちゃう。

やっぱり、ここは覚悟を決めて大槻君と目を合わせなきゃだよね。よ、よし！　やるぞッ！

私はおもむろにキッチンに立っている大槻君の側に近付いていく。彼に近付く為に一歩踏み出す度に、鼓動が一段階速くなっちゃってる気がする。

でも、ここで逃げちゃいつまで経っても自分の気持ちを確かめられない！　がんばれ私！　逃げるな私！

そう自分を奮い立たせて、ついに私はキッチンに立つ大槻君の隣まで来てしまった。今の大槻君は包丁を手に持っていて、視線をまな板に落としている。

あ、なんか真剣な眼差しで料理している姿はなんか素敵かも……って、勘違いしちゃだめよ？　素敵に思うのと好きって感情は別物だからね？　そこは慎重に判断しないと。

そこで、私が隣に来た事に大槻君が気が付いたみたいで、手元に向いていた大槻君の瞳がふっと上がって私の視線と絡《から》まる。

「っ……」

「ん？　どうかしましたか？」

「あ、その……私も何かお手伝いしようかなって」

「いえ、これは自分の仕事なので、綾香さんはゆっくり休んでいてください」

私の申し出を大槻君は優しく断ってくる。でも、自分の感情を確認するために、私も引き下がる訳にはいかない。

「あのね。冷やしおでんの作り方が気になっちゃって、一緒にいたら迷惑かな？」

「そういう事ですか。全然迷惑じゃありませんよ。なら、トマトの皮を剝《む》くのに一旦湯通ししてもらっていいですか？」

「うん」

何とか大槻君の隣にいる理由を確保できた！　それに大槻君と目を見て会話も出来た！

そして、私の今の鼓動は……ちょっとドキドキしてるかな？　で、でも漫画のヒロインみたいにドッキン!!　ていう感じじゃないし、やっぱり私はまだ恋には落ちてないって事だよね？　ね？　そうだよね？

自分の気持ちを確認出来て、取り敢えず私は一安心する。

大槻君の指示通り、表面に薄く切り込みの入ったトマトを茹でながら、私はふーって息を吐いて心を落ち着かせる。とその時、ふと視線を上げると、リビングで涼太の遊び相手をしていたママが、私の事をニヤッとした表情で見ていた。

何か誤解されていると感じた私がママに言葉を発しようとしたけど、それよりも早くママは涼太の相手に戻ってしまった。

あぁ、これは後で揶揄われるやつだ。

そんな事を思っていると、玄関から声が聞こえてくる。

「ただいまぁ」

パパが仕事から帰って来たみたい。すぐにリビングの扉が開いて、予想通りパパが入ってくる。

「いやぁ、今日も大槻君の手料理が待っていると思うと、早く仕事から帰ってきてしまったよ」

そう言いながらパパは私達の方に顔を向ける。そして、大槻君と私が並んでキッチンに立っているのを見て「お？」と嬉しそうに笑った。

「なんだかそうやっていると、新婚夫婦の様に見えるね！　はっはっは」

「ちょっ!!　パパ変な事言わないでッ!!」

パパの一言で、私の鼓動は今までにない程早鐘を打って、顔がカーッと熱くなってしまった。

初恋

午前中であっても、厳しい暑さが襲い掛かる夏休み真《ま》っ只中《ただなか》。晴翔《はると》はいつも通り、エアコン完備である親友の部屋で主《あるじ》の机を占領し、そこで参考書を広げて勉強していた。

「なぁハル。そんなに勉強ばっかしてっとバカになるぞ?」

晴翔に机と椅子《いす》を強奪されている友哉《ともや》は、ベッドに腰掛けてギターの練習をしながら言う。

「そう言うお前こそ、ギターの練習ばっかやってると下手糞《へたくそ》になるぞ」

参考書から目を離す事無く言い返す晴翔に、友哉は「何バカな事言ってんだよ」と笑う。

「上達する為に練習してんのに、下手になる訳ないだろ?」

至極真っ当な事の様に言う友哉に、晴翔は走らせていたペンを止めて、呆《あき》れた表情を親友に向ける。

「……友哉、お前も少し勉強してみたらどうだ? 自然の摂理について」

「断固拒否する! 勉強なんてやってられっかよ。俺《おれ》はギターを極めるのに忙しいんだ」

ハッキリと言い切ると、友哉はジャカジャカとギターを弾《ひ》き始める。晴翔も親友の発言に肩をすくめると、勉強を再開する。

それからはお互いに干渉する事なく、それぞれの事に集中していたが、暫《しばら》く経《た》つと友哉がギターの練習を中断して晴翔に声を掛ける。

「なぁハル？　そういや家事代行のバイトはどうだ？」

「どうだって言われてもな、普通としか返せないな」

「東條《とうじょう》さんとはあれから何もないのか？　最初の一回きりか？」

「…………」

友哉の質問に、晴翔は思わず勉強の手を止めてしまう。その様子の変化に目敏《めざと》く気が付く友哉は、その表情にニヤッと笑みを浮かべる。

「おいおい！　まさかまさか？　あれから東條さんの家に通っちゃってるとか？」

「……仕事だよ。あくまでも家事代行の仕事として東條さんの家に行ってるだけだよ」

ボソッと言う晴翔に、友哉はまるで自分の事の様にテンションを上げる。

「マジかッ⁉　本当に東條さんちに通ってんのか⁉」

「通ってるっていうか……まぁ、定期契約を結ばせてもらってるからな」

「え？　それって凄《すご》くね？　ハルは東條家の人達に気に入られたって事だろ？」

「それは、俺の仕事内容を気に入ってもらっただけだよ」

興奮した様子の親友に対して、晴翔はなんとも冷静に返す。

「いや、それにしても凄くね？　これを機にどんどん東條さんと仲良くなれるじゃん！　そして上手《うま》くいけば付き合っちゃったりとかもあるんじゃね？」

「それは無い。絶対に無い」

友哉の言葉を完全否定する晴翔。

「なんでそう言い切れんだよ？　これから何回も会ってりゃ、仲良くなる事もあんだろ？」

「そりゃまぁ、多少は仲良くなるかもしれんけど、それ以上は無いだろ」

家事代行のスタッフとして通っていれば、夏休み前よりは綾香《あやか》と仲良くなるかもしれない。朝会った時とかに、軽く挨拶《あいさつ》を交わす程度の間柄にはなっているだろう。しかし、それ以上に仲良くなって、あわよくば恋人になどという期待は、晴翔の中には湧《わ》き上がってこなかった。

「今まで、全《すべ》ての男子の告白を断ってる東條さんが、俺に惚《ほ》れるわけも無いしな」

「そっか？　ハル料理上手いから、意外と胃袋掴《つか》んだりして惚れられるかもしれんぞ？」

「東條さんがそんな簡単に誰《だれ》かを好きになるんなら、今までの誰かが彼氏になってないとおかしいだろ？」

そう言いながら、晴翔は再び机と向かい合って勉強を再開する。

「それに、もし仮に東條さんといい感じになったとしても、付き合うとかは有り得ないな」

「なんでだよ？」

心底不思議そうに首を傾《かし》げる友哉に、晴翔は参考書を眺めながら答える。

「なんでって、あの東條さんだぞ？　学園のアイドルだぞ？　もし付き合って朝に手を繋《つな》いで登校してみろよ。全男子から袋叩《ふくろだた》きにされて帰らぬ人になる」

涼太《りょうた》を連れて綾香と一緒にスーパーで買い物したとき、周りから向けられる嫉妬《しっと》の視線を思い出して晴翔は渋面を浮かべる。

「お前、空手やってんだから全員返り討ちにすりゃいいじゃん。そのための空手だろ?」

「ちげーよ。俺が空手やってるのは礼儀作法や精神を鍛えるためだ。暴力はどんな事があろうと許されない」

「お堅いやつめ」

「普通だろ」

晴翔はノートに書き込みをしながら短く答える。

「じゃあ、ハルは東條さんから好意を寄せられても、何もしないのかよ?」

「平穏な高校生活を送りたいからな。学生の本分は勉強だ」

「ヘタレ」

「言ってろ」

会話は終了とばかりに晴翔は勉強に集中し始める。そんな親友の姿を見て、友哉は「もったいねぇ」と呟《つぶや》くと、再びギターの練習を始めた。

そこから昼前くらいまで机と向かい合っていた晴翔は、壁掛けの時計に目を向けた後に、大きく伸びをする。

「っうし。そろそろ俺帰るわ」

「お？　もう昼か」

友哉もギターの練習を中断して、時計を見上げる。

「机、使わせてくれてありがとうな」

「おう、使用料一千万」

「そっか、じゃあ俺がお前の部屋を掃除しているのは一回一億だな」

勉強道具を片付けながら晴翔はさらっと言う。

「よし。机はいつでもご自由にお使いください」

「ふっ、サンキュー」

慇懃《いんぎん》に頭を下げる友哉に、晴翔は小さく笑って片手を上げる。

「ハルはこの後バイトか？」

「あぁ、ちょっと家の買い物した後に三時からな」

「東條さんち？」

「あぁ」

友哉の質問に短く答えながら、晴翔は参考書などを鞄《かばん》に詰め込んでいく。

「羨《うらや》ましいなぁおい」

「仕事で行くんだからな。お前が思ってる程、東條さんと絡《から》めるわけじゃないぞ？」

「でも東條さんの顔は拝めるだろ?」

「拝めるってなぁ……」

呆れた表情を浮かべる晴翔は、そのまま親友の部屋から出ようとする。すると友哉もその後に続く。

「ん? お前も出かけるのか?」

「おう、今日はバンド仲間とスタジオで合わせの練習すんだよ」

友哉は肩にかけてるギターケースをポンポンと叩きながら答える。

「そっか、頑張れよ練習」

「お前も、東條さんに好かれるように頑張れよ」

「そこは頑張るところじゃない」

「いや、少しは頑張れって」

苦笑を浮かべながら言う親友の言葉に、晴翔は片手で頭を掻《か》きながら答える。

「あぁはいはい、分かった分かった。じゃあな」

適当な返事を返し、晴翔は友哉と別れる。

※

友哉と別れた後、晴翔はアルバイト前にスーパーへと向かう。

今日の朝、祖母と朝食を作っている時に味噌《みそ》が無くなりそうになっていたので、買い足す為だ。

「そういえば納豆もあと少しだから買っておこうかな」

冷蔵庫の中身を思い出しながら歩く晴翔の頭上からは、相変わらず容赦ない夏の日差しが照り付けてくる。

彼がスーパーに着く頃《ころ》には、じっとり汗を掻いてしまっていた。スーパー入り口の買い物かごを手に持って店内に入ると、ヒンヤリと冷たい空気に包まれ、晴翔はほっと一息つく。

「ん？　意外と人が多いな」

晴翔の感覚では、昼時を過ぎたスーパーは人が少ないイメージがあったが、今は夏休み期間中だからなのだろうか、意外と人が多かった。

晴翔は目的である味噌を買おうと店内を進んでいると、ふと張り出されていた広告が目に入る。

「お？　タイムセールをやるのか。だから人が多いんだな」

人が少なくなる時間帯にタイムセールをやって集客力を上げようというスーパーの戦略なのだろう。

「どれどれ、何かいいもんはあるかな？」

広告に近付きチェックする晴翔。どうやら今回のタイムセールの一番の売りは肉らしい。

「牛バラ切り落とし百グラムで百二十八円か……う～ん……安い、安いけど飛びつくほどでもないなぁ」

晴翔は広告の品にいまいち魅力を感じない。先程まで猛暑の中を歩いていたせいで食欲が減退している為か、肉自体に魅力を感じない。

「他には何か……ほぉ、調味料も安くなっているのか。家の調味料の残り確認しとけば良かった……ん？　んんッ⁉」

言葉の途中で晴翔はカッと目を見開き、広告の一点を凝視する。

「胡麻油《ごまあぶら》一つ七十八円……だと？」

安い、安すぎる。

胡麻油は晴翔の中では高級品に分類されている。スーパーのオリジナルブランドなどの格安商品でも二百円から三百円はする。よく一般に知られている様な有名ブランド品を買おうものなら、それだけで五百円玉が一瞬で消し飛んでしまう。

そんな胡麻油だが、使い道はとても多い。

胡麻油の香ばしい匂《にお》いは、食欲の減る夏場でも強制的に復活させる力があり、野菜炒めや炒飯《チャーハン》の仕上げにさっと掛けるだけで数段美味《おい》しくなる。そこにニンニクが加われば、もう無敵と言っても過言ではない。熱帯夜のムシムシとした日には、冷奴《ひややっこ》の上にキムチを乗せその上から胡麻油を掛けて食べるのもまた絶品だ。

「これは買いだッ‼」

晴翔は急いで胡麻油のある売り場へと向かう。

息も絶え絶えに、商品棚に陳列された胡麻油の前に立つ晴翔。彼の瞳《ひとみ》に映るのは、黄色い紙に書かれた大きな数字。それは紛う事無き七十八。

「いったい……いったいこの世界はどうなってるんだ」

驚愕《きょうがく》の値段に思わず狼狽《うろた》えてしまう晴翔。

「胡麻油がこんなにも安いなんて……はっ！　ここは別世界！　これが噂《うわさ》に聞く異世界転生というやつか‼」

となんともアホ臭い事を呟きながら、晴翔は陳列された商品に手を伸ばすが、ハッとある事に気付きその手を止める。彼の視線は、広告の値段の下に書かれている、とある一文に突き刺さっている。

「お一人様一品限り……くっまたお前か！」

まるで魔王を目の前にした勇者の如《ごと》く、憎々し気な目つきで一文を睨《にら》む晴翔。

この『お一人様一品限り』は全主婦の敵だ。世の主婦達はこの強敵を倒すために、友達や親戚を召喚して立ち向かう。

晴翔も素早くスマホをポケットから取り出し、尋常ではない速度でタップして助っ人の召喚を試みる。耳に押し当てるスマホからは、晴翔の心情とは裏腹にのんびりとした呼び出し音が響く。

おそらく今、ライバル達《主婦》は目玉商品である牛バラ切り落としに夢中になっているはずだ。その間に何としてもこの胡麻油を確保しておきたい。

早まる気持ちを何とか抑えて、相手が通話に応じるのを待つ晴翔。数秒後にやっと繋がり、晴翔の耳に親友の呑気《のんき》な声が届く。

『よっす〜、なんかあったか？　忘れもんしたか？』

「今からスーパーに来る事は可能か⁉」

『おおう、なんか圧が凄えな。もしかして例のアレか？』

「そうだ！　今日のは絶対に逃したくない‼」

晴翔はこれまでも幾度となく友哉を召喚して、強敵である『お一人様一品限り』を乗り切ってきた。つまり彼は親友でもあり戦友でもあるのだ。だがしかし、その戦友から芳しくない返事が返ってくる。

『あぁ……わりぃ、俺もうスタジオに来ちゃってて、合わせ練習もうそろ始まるんだよ……』

「……そうか、そうだよな。いや、悪かったな邪魔して。俺の事は気にせず練習頑張ってくれ」

『お、おう。なんか……その……ごめん』

相当落ち込んだ声を出していたのだろう、友哉が心底申し訳なさそうに謝罪してくる。

「いや、いいんだ。友哉は悪くない。じゃあな」

晴翔はスマホの画面をタップして通話を終了させると、次なる仲間の召喚を試みる。

トークアプリの履歴から別の人物に通話を繋げる晴翔。数秒の間をあけてスマホ越しに声が聞こえてくる。

『なんだ晴翔』

「カズ先輩！　いま暇ですか⁉」

『なんだなんだ？　やけに慌ててんな』

晴翔が友哉の次に頼ったのは、同じ道場に通う一つ年上の頼れる兄貴分。石蔵和明《いしぐらかずあき》であった。

「今スーパーにいるんですけど、特売品がお一人様一品限りで、協力してほしいんですけど」

『そういう事か。うーん、それは今すぐじゃないとダメか？』

「……そうですね。たぶん早くしないとすぐ売り切れちゃうと思います」

石蔵の反応から、駄目かもしれないと晴翔は感じる。

『そうか……すまんが今ケーキを焼いててな。手が離せないんだよ。悪いな』

「そうでしたか……ならしょうがないですね」

『すまんな』

「いえいえ」

晴翔は石蔵との通話を終了させると、一縷《いちる》の望みを掛けてもう一人の人物と通話を繋げる。

その相手とは、呼び出しの音が鳴るか鳴らないかという早さで通話が繋がる。

『ハル先輩は子供何人欲しいですか？』

「ごめん雫《しずく》。全く意味が分からん」

スマホ越しに聞こえてくる抑揚の乏しい後輩の声。石蔵と同じ道場仲間であり、同じ高校に通う一つ下の後輩。堂島《どうじま》雫の意味不明な発言に、晴翔は力が抜け落ちたかのような錯覚を覚える。

『ハル先輩と私との将来の家族計画についての電話じゃないんですか？』

「すまんけどそんな電話をする予定はこの先も無いと思う」

『ガビーン』

雫の言葉に晴翔は冷静に返すと、彼女からは何とも古臭いリアクションが返ってくる。しかし、感情が籠《こも》らない単調な言い方が妙に面白《おもしろ》く、晴翔は不覚にも「くすッ」と笑いを溢《こぼ》してしまった。

「ガビーンって、いつの時代だよ」

『私は現役《げんえき》ＪＫですけど？　それよりも、ハル先輩の要件は何ですか？　家族計画の話じゃないなら、新婚旅行先の相談ですか？　私はサントリーニ島がいいです』

「どこだよそれ。そうじゃなくて、スーパーの特売に協力して欲しいんだけど」

雫の冗談に付き合っていたら、そのまま日が暮れそうなため、晴翔は簡潔に用件を伝える。

『ほほう、なるほど。つまり私はハル先輩にとって必要な時だけ呼ぶ都合のいい女ってわけですね』

「……協力してくれたら、相応のお礼はするつもりだ」

『キスですね？』

「もっとちゃんとしたお礼をするよ」

『も、もっと凄い事……先輩のエッチ』

ことごとく話の内容を歪《ゆが》めてくる雫の冗談に、晴翔は「はぁ ー」と疲れた様に溜息《ためいき》を吐《つ》く。

「それで、協力してくれるか？」

『もちろんです。って答えたいところですけど……ごめんなさい先輩。実はいま母さんに草むしりをしろって言われていて、これまでに四回連続でサボっていたら、ついに雷が落ちまして……』

珍しくしょぼんと落ち込んだ声を出す雫は『ハル先輩、無念です』と告げてくる。

「そ、そうか。ちゃんとおばさんの言いつけは守れよ？」

『はい……』

「じゃあな。草むしりがんばれ」

『ハル先輩……好き。っぽ』

「はいはい」

最後まで冗談を言ってくる雫と通話を切った後、晴翔は大きな溜息を吐く。全ての助っ人から協力を得る事に失敗した晴翔は、お一人様一品限りに敗北した悔しさを奥歯で噛《か》み潰《つぶ》す。

「はぁ、まぁ一本は買えるわけだし、それで納得するしかないか」

晴翔は商品棚から一本だけ胡麻油を手に取ると、それをポトンと元気無く買い物かごに入れる。

「……味噌買って帰ろ」

トボトボとした足取りで歩き出す晴翔。そんな彼の背後から声が掛けられる。

「大槻《おおつき》君？」

その声に晴翔は振り返り、そして思い出す。異世界転生には必ずと言っていい程に登場するものがある。

それは女神である。

勇者に強力な力を与え、時にピンチから救い出してくれる女神。

いま、晴翔の目の前にもその女神が現れた。『お一人様一品限り』という魔王に挑むも、力及ばず力尽きた晴翔の目の前に。再び立ち上がる力を与えてくれる女神が。

「あぁ！　東條さん！　あなたは女神だッ‼」

「ふぇぇッ⁉」

晴翔の謎《なぞ》のテンションの高さと言葉に、綾香から変な声が発せられた。

※

ママに買い物を頼まれて家の近くのスーパーに行くと、偶然にも大槻君を見かけてしまった。

家事代行の時以外の大槻君の姿に、私は思わずドキッとして商品棚の陰に隠れちゃう。

ど、どうしよう……声、掛けた方がいいかな？

今まで三回は家に来ているから、偶然会った時は気軽に挨拶を交わすくらいの間柄にはなっている……かな？

でもどうしよう、大槻君は私の事まだ全然そんな風に思ってなくて『なんだこいつ？ 馴《な》れ馴れしい奴《やつ》だな』なんて思われちゃったら。

うぅ……それは嫌だなぁ。

でも、大槻君はそんな人じゃないよね？ だって彼優しいし、きっと笑いながら挨拶を返してくれるはず。

私はそーっと商品棚の陰から顔を出して大槻君の様子を窺《うかが》う。さっきから、なんだか難しい表情で陳列されている商品を凝視してる。もしかしたら、大槻君が先に私の事に気が付いて声を掛けてくれないかな。なんて思っちゃったりしたけど、あの様子だとその可能性は無さそう。

……大槻君、あんな表情するんだ。

家事代行として家に来ている時の大槻君は、いつも穏やかな表情をしている。でも、今は険しい目つきで一点を見つめてる。

なんか、私の知らない大槻君を知れて、ちょっと嬉《うれ》しいかも。

そんな事を思いながら、商品棚の陰からコソコソと彼の様子を窺っていると、急にスマホを取り出して凄い勢いで誰かと連絡を取り始めた。立て続けに三人くらいの人と電話をしたと思ったら、物凄く落胆した様子で通話を切って商品を手に取った。

あれは……胡麻油？　なんであんなに悲しそうな様子で胡麻油を取るんだろう？

私が疑問に思っている間に、大槻君は哀愁漂う背中でトボトボと歩き出してしまった。

どうしたんだろう？　なんであんなに悲しそうなの？　胡麻油のせいなの？

疑問が次から次へと湧き上がる。凄く気になる。

「大槻君？」

気になり過ぎて、気付けば私は身を隠していた商品棚から出て、無意識のうちに彼に声を掛けてしまっていた。

あぁ！　どうしよう！　声掛けちゃった！　私まだ心の準備が……。

私はアタフタしながらも、大槻君と自然な会話が出来るように色々と挨拶の候補を考える。

今日はいい天気だね……はちょっと違うよね。こんにちは大槻君……これは普通過ぎ？　こんな所で何してるの？　……スーパーに来てるんだから買い物に決まってるよね。じゃあ……こんな所で会うなんて運命感じちゃうね！　……これは絶対に違うッ!!　どうしちゃったの私!?

私が色々と混乱した思考を繰り広げている中で、大槻君が更に私を混乱させる言葉を掛けてきた。

「あぁ！　東條さん！　あなたは女神だッ!!」

「ふえぇッ!?」

変な声出ちゃった！　というか、え？　女神？　私が？　大槻君の？

意味が分からない。女神って何？　昔の人の絵で貝殻の中に立ってたり、民衆の先頭で国旗を持って導いてる人の事？

「東條さん！　あなたにお願いしたい事があるんだ！」

「は、はい」

大槻君、凄く真剣な目で私を見てくる。どうしよう、そんな眼差《まなざ》しを向けられたら鼓動がどんどん速くなっちゃうんですけど……。はッ!!　ちょっと待って！　これって……これってもしかして告白!?

待って待って待って！　ここで？　スーパーの調味料売り場で？　胡麻油を持って告白!?

どど、どうしよう……斬新《ざんしん》過ぎて思考がまとまらない。

で、でで、でも、もし告白されたら一旦《いったん》は断ろう。うん、断ろう。そして、友達からお願いしますってお願いしよう。

「東條さん！　胡麻油を買うのに協力してください!!」

「あ、はい！　こちらこそ宜《よろ》しくお願いします!!」

私のバカッ!!　一旦は断るって決めてたのに!!　……て、ん？　胡麻油？　どゆこと？

「本当ですか!?　いやぁ～有難うございます。凄く助かります」

「あ、はい。どういたしまして？」

え？　ええ？　なに？　どういう事？　胡麻油を買うのに協力？　夫婦初めての共同作業です的な感じ？　まさかの胡麻油プロポーズ？

混乱の極みに至っている私に、大槻君がホクホク顔で胡麻油の棚に付いている広告の一文を指差して言う。

「この胡麻油、お一人様一品限りになっていて、友人に頼んで二本買おうとしたんだけど、誰も来れる人がいなくて、一本で我慢して諦《あきら》めようとしていたんですよ」

「あ！　そうだったんだ！　……そうだよね。お一人様一品限り……うん、そうだよね。私が大槻君の分で買えばいいんだよね？」

「はい、お金は後で払うので」

「うん、分かった。じゃあこれ買っておくね」

私はそう言って、特売品の胡麻油を手に取ってかごに入れる。

…………………恥ずかしいッッ!!

私、猛烈に勘違いしちゃってるじゃん!! 何が胡麻油プロポーズよッ!! そんなのある訳無いじゃない!! 私のバカ! バカ! バカッ!!

あぁ……なんか胡麻油がトラウマになりそう。今日の夢に悪夢として出てくる予感がする。きっと今の私の顔は、羞恥《しゅうち》で耳まで真《ま》っ赤《か》に染まっているはずだ。できればこんな顔、大槻君には見られたくない。

私は大槻君に表情を見られないように顔を逸《そ》らす。

「いやぁ、胡麻油が七十八円で買えるなんて、こんな経験この先の人生であと何回あるか。次この値段で買えるのは八十年後かもしれない」

「胡麻油が七十八円ってそんなに安いんだね」

胡麻油の特売って彗星《すいせい》の周期と同じくらいなんだ。……本当？

私は商品棚にある胡麻油を眺めるふりをしながら、大槻君から顔を背《そむ》けて会話をする。

「この値段はもう奇跡ですね。今年のグッドオブ胡麻油賞受賞は確実です」

「グッドオブ胡麻……ふふっ、なにそれ意味わかんない」

彼の冗談に、私は堪《こら》え切れずに笑い声を漏《も》らしちゃう。大槻君でもこんな冗談を言うんだ。

そう思いながら私は、彼がどんな表情をしているのか気になって、チラッと横目で盗み見る。今の大槻君は、とてもニコニコと嬉しさ爆発《ばくはつ》といった表情をしている。それが、なんとなく無邪気に喜んでいる涼太と重なって見えた。

可愛《かわい》い……。

普段は大人っぽい大槻君の無邪気な笑顔に、私は思わず表情を緩めてしまう。……て、クラスメイトの男の子を可愛いだなんて失礼だよね。大槻君も同い年の女子から『可愛い』なんて思われたら不快だろうし。

私は自分の中に湧き上がった感情を押し込める。

「そういえば、東條さんは何を買いに来たんですか？」

「え？　あ、ママに頼まれてワサビを買いに」

「ワサビだけですか？」

「うん」

「それでしたら、自分が家事代行でお伺いした時に言ってもらえれば、買いに来ましたのに」

大槻君はそう言うけど、私は首を横に振る。

「パパがね、今日は大槻君に夕飯づくりに専念して欲しいんだって」

「……？　今日は夕食でご要望があるって事でしょうか？」

「うん、実は今日パパが釣りに行ってるんだけど、その釣った魚を大槻君に捌《さば》いて欲しいらしいの」

パパはたまに趣味の釣りで魚を釣ってくる。けど、いつもは家で捌くのが面倒臭いと言って、他の釣り仲間の人にあげちゃってたらしい。だけど、今回は大槻君がいるからと張り切って、釣った魚を全部持ち帰ってくるみたい。

「大槻君って魚捌ける？」

パパはテンションが上がっちゃって確認を忘れているけど、万が一大槻君が魚を捌けないとなったら結構な大惨事になっちゃう。

まぁ、きっと大槻君なら問題無さそうだけど、なかには魚に触れないって人もいるしね。大槻君がそういうタイプかもしれない。

ピチピチまな板の上で跳ねる魚にアタフタする大槻君……うん、可愛い。それはそれで見てみたい。

「そうですね。魚の種類にもよりますけど、基本的な捌き方は心得ているつもりなので、多分大丈夫だと思います。ちなみに、どんな魚が釣れたのかは聞いていますか？」

「あ、うん。ちょっと待って、パパとのトークに書いてあったはず」

私は妄想でニヤついてしまっていた事に気が付き、慌てて表情を引き締めてスマホを操作し、パパとのトーク画面を開く。

「えーとね、釣れたのはブリと鯛、それと……これなんて読むんだろ？」

私は見慣れない漢字に首を傾げる。魚に春、う～ん、なんか見た事あるような、無いような？

私が漢字を読めずに悩んでいると、隣から大槻君が声を掛けてくれる。

「ちょっと画面見せて貰《もら》っても？」

「うん」

私が頷《うなず》くと、大槻君がすぐ隣に来てちょっと首を伸ばして私のスマホを覗《のぞ》き込む。

「あ～これはサワラですね」

「へぇ、魚に春でサワラって読むんだね」

「この魚は、春になると産卵で岸に近付いて来てよく見かけるようになるんですよ。だから昔の人達はサワラを春を告げる魚って呼ぶようになって、漢字も鰆になったらしいです」

「そうなんだ。なんか春を告げる魚って素敵だね」

私の脳内ではファンシーな姿にデフォルメされたお魚が、桜の舞う海を優雅に泳いでいるイメージが湧く。

「でもこの魚、歯が凄く鋭くてすぐ釣りの仕掛けを嚙み千切るので、釣り人からはサワラカッターなんて呼ばれてますけどね」

大槻君は「ははは」と笑いながら言う。彼の言葉を聞いて私のサワラに対してのイメージが可愛らしいお魚から、一気に獰猛《どうもう》なピラニアの様な怪魚へと変貌する。

「もしかしてサワラって怖い魚？」

「まぁ、大型肉食魚ですからね。でも味は抜群に美味しいですよ。刺身はもちろんですけど、西京焼きとかも最高です。身が柔らかい魚なので、口当たりがトロッとして旨味《うまみ》もあって、きっと病み付きになりますよ」

「へぇ、大槻君って物知りだね」

私はそう言いながら、隣の大槻君の方に顔を向ける。そして、慌てて視線をスマホの画面に戻した。

ち、近いっ！　すぐ隣に大槻君の顔がッ!!

二人で同じスマホの画面を覗いているせいで、顔が至近距離に迫っている。

どど、どうしよう……。

でもここで私が慌てて離れたら、逆に大槻君に意識してるって思われちゃうかもしれないし……大槻君はこの距離感で何とも思わないのかな？

今の私と大槻君は、肩が触れ合いそうなくらいに近い。がっつりとお互いのパーソナルエリアに入っている。

今度はゆっくりと大槻君の方に、視線がばれない様にそーっと目を向ける。

あ、大槻君って結構まつ毛長いんだ。なんだろう、大槻君の顔を見ていると、なんだか吸い込まれていく様な不思議な感覚が……。

「そういえば東條さんの家にガスバーナーってあります？」

「ッ!?　あ、え？　ガスバーナー？　ど、どうだろ？　多分置いてない、と思う」

び、びっくりしたぁ！　大槻君の横顔を眺めている時に、急に私の方を向いて話しかけられて、心臓が止まるかと思った。

「ガスバーナーって魚を捌くのに必要なの？」

大槻君に横顔眺めてたってバレてないよね？

私は少しヒヤヒヤしながら大槻君に問いかける。

「サワラは炙《あぶ》りが絶品なんですよ」

「へ、へぇ～そうなんだ」

大丈夫そうだね。私が大槻君の横顔を盗み見ていた事はバレてなさそう。

「ちょうどこのスーパーの隣がホームセンターになっているので、自分はそこでガスバーナー買っていきます」

「あ、それ。私も付いて行っていいかな？」

ヤバい！　なんか反射的に付いて行きたいって言っちゃった。

「ホームセンターにですか？」

「うん、私そういうお店にあんまり行った事が無くて……」

そう口では言うが、本音は違う。

私はもう少し大槻君と一緒にいたかった。バイト中ではない彼の事をもっと知りたいと思ってしまった。

こんな風に思ってしまうって事は、やっぱり私は大槻君の事を……。

いや待って！　まだ結論を出すのは早いと思うの。私は大槻君とただの友達として仲良くしたいだけかも知れないし、初めて普通に接する事の出来る男子に舞い上がっているだけかもしれない。

確かに、今までの大槻君とのやり取りを思い返すとドキッとした場面もあったけど、やっぱりまだ恋に落ちたと確信出来るような事はまだ無い……ん？

そういえば私、さっき大槻君が告白してくるって勘違いしてた時、「胡麻油買うのに協力してください」って言われて、「はい、宜しくお願いします」って答えちゃってたよね？　……これ、もしも大槻君があの時、本当に告白していたとしたら、私はそれを承諾していたって事？　え？　これはそういう事だよね？　え？　どうしよう？　え⁉　どうしようッ⁉

やっぱり私、大槻君の事……分からない！　もう分からないッ‼　自分の気持ちが分からないよッ‼

私の心は台風の様にグチャグチャなのに、そんな私に大槻君は容赦無く微笑《ほほえ》んでくる。

「それじゃあ、一緒にホームセンター行きましょうか」

「は、はい。宜しくお願いします」

気持ちの整理がついていない私は、大槻君の顔を見れず、俯《うつむ》きながら小さな声で返事をした。

※

綾香のお陰で、無事に胡麻油を二本手に入れる事に成功した晴翔。

当初の目的であった味噌と納豆、綾香の買い物のワサビをそれぞれ買った後、二人は会計を済まして買った商品を袋詰めする。

「はい大槻君、胡麻油」

「有難うございます。本当に助かりました」

晴翔は綾香から胡麻油を受け取りながら頭を下げ、受け取った胡麻油をエコバッグに入れる。

「大槻君、そのエコバッグ……凄く可愛いね」

「え？　あぁ……実はこれ、普段は自分の祖母が使っているやつなんですよ」

晴翔は少し恥ずかしそうにしながら言う。

「あ、そうだったんだ。そうだよね、大槻君が使うには少し可愛過ぎるもんね」

そう言いながら綾香はもう一度、晴翔のエコバッグに視線を向ける。

彼の持つエコバッグは淡いピンクの生地にとても可愛らしいクマの刺繍《ししゅう》が施されていて、

高校男児が持ち歩くには少し幼いというか乙女過ぎるというか、取り敢《とあ》えず晴翔が持ち歩くには違和感のあるデザインではあった。

「まぁ、祖母が持つにしてもちょっと可愛過ぎるデザインだなとは思うんですけどね。祖母、好きなんですよねこういうの」

若干、苦笑混じりに言う晴翔に綾香が微笑みを浮かべる。

「私はいいと思うよ？　大槻君のお婆《ばあ》ちゃん可愛い」

「あはは、有難うございます」

二人とも袋詰めが終わると、ガスバーナーを買う為スーパーに隣接しているホームセンターへと向かう。

「うわぁ、ホームセンターって思っていたよりも色々なものが置いてあるんだね」

ほとんど来た事が無いというホームセンターに、綾香は物珍しそうに辺りをキョロキョロと見渡している。

「園芸品や日曜大工の物を売ってるってイメージだったけど、家電とか食料品も売ってるんだね」

「今のホームセンターは品揃《しなぞろ》えがいいですからね。キッチン用品もありますし、なんならキッチンのリフォームも出来ちゃいますよ」

「そうなんだ。あ！　ペットコーナーだ」

綾香はガラスのケージに入れられている子犬を遠くに見つけると、そちらに向かってトトッと駆け出す。だがすぐに立ち止まり、若干恥じらう表情で晴翔の方に振り返る。

「ガスバーナー、買いに来たんだもんね」

「ええ、まぁ……少し見ていきましょうか？」

「いいの？」

「はい、大丈夫です」

「やった！」

綾香は嬉しそうに子犬の所まで駆け寄っていく。そんな彼女の後ろ姿に、晴翔は苦笑を浮かべた。

「あんなの、断れないって……」

周りには聞こえない小さな声で呟きを漏らす晴翔。

彼はポケットからスマホを少しだけ取り出して時刻を確認する。バイトの時間まで全然余裕とまではいかないが、少し寄り道するだけの時間はまだある。晴翔はケージの前にしゃがみ込んで子犬を見つめている綾香の後ろから、同じ子犬を観察する。

「可愛い〜あっ！　こっち来た！」

「これはポメラニアンの子犬ですね」

晴翔はケージに貼《は》られている子犬の情報を見ながら言う。

「この子の体、すっごくモフモフしてて小っちゃくて可愛いよ！」

綾香はガラスに鼻が当たりそうなくらい顔を近づけて目を輝かせる。そんな彼女の様子に晴翔も自然と笑顔になりながら、ふと子犬の値段を確認してみる。そして、ゼロの数を数え終えた後にゆっくりと視線を逸らした。

「大槻君！　見て見て！　肉球可愛い〜！　ふわぁ！」

ポメラニアンの子犬が、ケージのガラスに前足を掛けた後その場でぐるぐると回りだし、そしてまたケージのガラスに前足を掛けるという動作を繰り返している。

その可愛らしい子犬の仕草に、綾香はメロメロになってしまったようで、感極まったかのような声を出す。

確かにポメラニアンの子犬は小さくて、身体《からだ》もモフモフでまるで毛玉がポンポンと跳ねている様な可愛らしさがある。しかし、晴翔の目にはそんな子犬の可愛さよりも、目の前の少女の方がよっぽど可愛く見えて仕方がなかった。

「東條さん、犬好きなんですね」

「うん！　こんな可愛いの嫌いな人の方が珍しいよ」

綾香は先程から同じ行動を繰り返している子犬を飽きる事無く見詰め続けながら答える。

晴翔もそんな彼女の様子から目を離せなくなっていた。美少女と小動物の組み合わせによる攻撃力は、高校男児に、いや、世の男全てにクリティカルヒットする。

「東條さんと、ふれあい動物園とか行ったら楽しそうですね」

一日中、動物と触れ合う綾香を見ていたら、目の保養になり過ぎて視力がマサイ族並みになりそうだ。そんな事を思いながら晴翔がなんとなしに言うと、今までガラスに張り付いていた綾香がぱっと子犬から視線を外して晴翔を見上げる。

「私もふれあい動物園行ってみたい！」

「……え？」

「………あ、いや、その……」

綾香の言葉に疑問の声を漏らす晴翔。その反応を見た綾香はハッとした表情になり、みるみるうちに顔を赤くしていく。

そんな彼女の様子に、晴翔も自分の発言を思い返して、気恥ずかしさが込み上げてきた。先程の言い方は、捉《とら》え方によっては動物園デートに誘っている様にも感じられる。

晴翔としては全くそんなつもりは無かったのだが、期せずしてデートのお誘いをしてしまった。しかも、これも予想外な事に、彼女もそれを了承してしまった。

晴翔はこの状況をどうしようかと、焦《あせ》る心を必死に落ち着かせながら言葉を探していると、綾香の方が躊躇《ためら》いがちに口を開く。

「ほ、ほら。動物園は……涼太が好きで……そう！　涼太が好きなの！　その……でも両親も仕事が忙しくてなかなか連れて行けなくて。でも私一人で涼太を連れて行くのも、えっと、不安……というか、涼太も大槻君がいたら……喜ぶと思うし……」

やたらと視線を泳がせながら、かなり言い訳がましい言い方をする綾香。だが、晴翔も渡りに船である『涼太』に慌てて飛び乗る。

「あ、あぁ！　そうですね。涼太君、動物園好きそうですよね」

「そ、そうなの。だからその……」

途中で言葉を詰まらせて黙り込む綾香。晴翔は少し気まずい間を感じた後に、おもむろに口を開く。

「じゃあ……今度、行きますか？　動物園……涼太君と、三人で」

「う、うん！　涼太と……三人で」

恥ずかしそうな嬉しそうな、そしてほんの少しだけ残念そうな。そんな何とも言えない複雑で魅力的な表情を浮かべる綾香を直視する事が出来ず、晴翔は彼女から視線を逸らす。

「えと、そ、そうだ。ガスバーナー買わないと」

「そ、そうだね。ガスバーナー買わないと」

晴翔の取って付けたような言葉に、綾香はうんうんと何度も頷く。

その後二人は、ガスバーナーを買ってホームセンターから出るまで終始無言のままだった。

途中で何度か目が合う事もあったが、その度にお互いに顔を赤くして視線を背けてしまった。

ホームセンターの敷地から出て、それぞれの帰路に就く前に、二人はもう一度顔を合わせ、そして逸らす。

「あの、それじゃあ。俺は一旦家に帰るので、また後で家に伺います」

「う、うん」

「それと……動物園に行く話については」

「あっ！　うん！」

晴翔の『動物園』という単語に、綾香は過剰に反応を示す。

「また後日に……その、日程とかを話し合いましょうか？」

「そう……だね。うん、そうしよっか」

「それじゃあ……一旦、さよなら、また後で」

「うん、さようなら。また後でね」

晴翔と綾香は言葉を交わすと、お互いに背中を向けてそれぞれの家に向かって歩き出す。

晴翔は暫く歩いてから、少し迷った後に振り返ってみる。するとちょうど同じように振り返っていた綾香と視線が交差する。

「――――ッ⁉」

晴翔はドキッとしながらも軽く会釈を返す。すると彼女の方も、はにかみながら小さく手を振ってくる。晴翔は自分の顔が赤くなるのを感じ、慌てて前を向いた。

「……今のは反則だよ」

晴翔はニヤけてしまいそうになる表情を必死に堪えながら歩き出す。

「……東條さんとデートの約束、しちゃったのか俺？」

ぽつんと一人呟く晴翔。しかし、その後に首を左右に振ってその考えを否定する。

「でも涼太君も一緒だし、デートとはちょっと違うか」

晴翔は「変な勘違いでもしたら大惨事になるしな」と、自分の感情を諌《いさ》めつつ、これまでの彼女との会話を思い返す。

子犬に顔を輝かせる綾香。動物園に行きたいと期待を込めて言う綾香。視線が重なり恥ずかしそうにはにかむ綾香。

そのどれもが、晴翔の目にとても魅力的に映り込んでしまっていた。

「可愛いにも限度があるだろ……」

家事代行のアルバイトで出会う前まで、晴翔の中で東條綾香という少女は、常に女子に囲まれ男子には一切《いっさい》興味を示さない人かと思っていた。

そんな風に思っていた少女が、自分に対して笑みを浮かべたり恥ずかしがったりしている。

そして、弟が一緒とはいえ、動物園に行く事まで約束している。

「これから先、バイト大丈夫かな俺……」

今まで晴翔にとって、ただの『学園のアイドル』に過ぎなかった東條綾香という少女。しかし、実際に接してみると意外と普通の少女で、とても可愛らしい一面があると知ってしまった。

彼の頭の中に、午前中に言われた友哉の言葉が蘇《よみがえ》る。

『じゃあ、ハルは東條さんから好意を寄せられても、何もしないのかよ？』

晴翔が東條家に行くのはあくまで仕事の為。そこに邪《よこしま》な下心を持ち込む事は出来ない。

そう頭では考えていても、綾香の笑みが彼の脳内を掻き乱してくる。

「意識……しちゃうよなぁ」

学校での『学園のアイドル』としての東條綾香と、家事代行で接する『普通』の東條綾香とのギャップに、自分の心がぐらついているのを自覚しながらも、晴翔は敢えてその事については深く考えないようにする。

「取り敢えず今日は、魚を捌く事だけに集中しよう」

晴翔は綾香の父である修一《しゅういち》の釣った魚をどう調理するか考えながら帰宅の途に就いた。

※

一度家に帰り支度を整えた晴翔は、若干慣れつつある東條家を訪れる。

相変わらず立派な作りである豪邸の玄関の前で、晴翔がインターフォンのボタンを押す。するとすぐに返事が返って来た。

『はいは～い。大槻君？』

「はい、大槻です。家事代行で伺いました」

『待ってたわぁ〜。涼太ぁーお兄ちゃん来たわよ！　玄関開けてあげて！　あ、大槻君、今涼太が鍵《かぎ》開けるからちょっと待っててね』

「はい、有難うございます」

晴翔が礼を言い終わるのと同時くらいに、玄関の扉が勢いよく開け放たれる。

「おにいちゃん！」

「やぁ涼太君。こんにちは」

「こんにちは！　おにいちゃん早く！　お魚が凄いんだよ！」

テンション爆上がり状態の涼太が、興奮気味に言う。彼は晴翔の手を取るとぐいぐい引っ張ってリビングに連れていく。

「いらっしゃい大槻君」

リビングに入ると、まず初めに東條の母である郁恵《いくえ》がソファから立ち上がり、ニッコリと笑みを浮かべながら晴翔に声を掛ける。

「お邪魔します」

「やぁ！　大槻君！　よく来てくれたね！」

続いて東條の父である修一が晴翔を歓迎する。その足元には、かなり大きいサイズのクーラーボックスが置かれていた。晴翔はその大きなクーラーボックスに視線を向けて言う。

「東條さ…綾香さんから話は聞きました。修一さんが釣りでブリと鯛とサワラを釣ったと」

晴翔がそう言うと、修一は『よくぞ聞いてくれました！』という様な表情で、興奮気味に語り出した。

「そうなんだよ！　取引先で遊漁船釣りが趣味の人がいてね。ちょくちょくその人と一緒に船に乗るんだが、いやぁ～今日は当たりだったね！　このブリがヒットした時なんて、私は最初根掛かりを起こしたと思ったほどだよ！　もう全力でリールを巻いてもビクともしなくてね！　やっとの思いで残り二十メートルまできたら、また暴《あば》れてドラグが凄い勢いで出て、いやぁ～まさしく死闘だったね！　このブリを釣り上げるのに十五分、いや三十分くらいはかかったんじゃ――」

「あなた？　あんまり話が長いと、せっかくの新鮮な魚なのに鮮度が落ちちゃうわよ？」

瞳をギラギラに輝かせて、晴翔にブリを釣った時の状況を熱く語る修一。しかし、その途中で郁恵に遮《さえぎ》られてしまう。

「ふむ、そうだね。せっかくの鮮度抜群の魚達だ。早く大槻君に捌いてもらわないとね」

「はい、任せてください」

少し名残《なご》り惜しそうにする修一に、晴翔は苦笑混じりに頷く。

「それにしても、どれもとても立派なサイズの魚達ですね。この鯛なんて一番美味しいサイズですよね？」

修一の足元にあるクーラーボックスを覗き込みながら晴翔が言うと、すかさず修一が語り出す。

「その鯛もね！　最初リールが軽くなってラインがフワッと緩んだ気がしたんだよ！　私は『おやっ?』と思うのと同時に素早く合わせたんだよ！　そしたら綺麗《きれい》に針が掛かって、凄く暴れたんだがバラす事無く――」

「あなた?」

「あ、いや……うむ。大槻君、料理の方お願いできるかな?」

再度郁恵に遮られ、若干ショボンとした様子の修一。

「じゃあ、このクーラーボックスを一旦キッチンの方に持っていきましょうか」

晴翔は、魚を釣った時の興奮を話したくてウズウズしている修一に少し同情しながらも、魚の鮮度を第一に考える事にして、クーラーボックスの取っ手を持とうとする。しかし、予想以上の重さに晴翔は顔を歪める。

「私が反対を持とう」

「あ、すみません。助かります」

ブリのサイズはおよそ七十センチ手前、サワラも六十センチ前後といったサイズだ。鯛も四十から五十センチくらいの大きさで、それに加え氷が入っているクーラーボックスは、一人で持てない事は無いが気軽にヒョイと持てる重さでもない。

晴翔は修一と二人掛かりで、クーラーボックスをキッチンまで運ぶ。

「有難うございます。助かりました。それでは早速捌いていこうかと思うのですが、料理については何か要望はありますか?」

そう晴翔が問いかけたとき、ちょうどリビングの扉が開いて綾香が入って来た。

「あ、はい。大槻君。来てたんだね。その……いらっしゃい」

「あ、大槻君。えと……お邪魔してます」

先程のホームセンターの出来事が脳裏に残っている二人は、少しぎこちない挨拶を交わす。

そんな二人の様子の変化に郁恵は目敏く気が付き、自分の娘を愉快そうに見詰める。

「な、なに?」

母の視線を受けた娘は、少し動揺しながら問いかける。

「大槻君が、これから愛情の籠った料理を作ってくれるんだけど、綾香は何がいい?」

「あ、愛情って、そ、そんなの分かんないじゃない」

母の言葉に綾香は顔を顰《しか》めて答える。対する郁恵は大層面白そうに、今度は晴翔の方を見る。

「分かるわよ〜! ね、大槻君? 大槻君の料理がとても美味しいのは、料理が上手なのに加えて、愛情をたっぷりと込めてくれているからでしょ?」

「ええ、はい。その……誠心誠意、心を込めて作らせて頂いてます」

「ほらぁ! 大槻君は綾香の為に、心を込めて料理してくれてるのよ?」

「いや、あの……綾香さんだけでなく、皆様に心を込めて……」

「あら！　大槻君ってば優しいんだからぁ」

「いえ……」

晴翔は東條家で最強なのは郁恵だと認識しながら、顔に苦笑を浮かべる。

「ねぇねぇおにいちゃん。僕、お刺身が食べたい」

郁恵の冗談なのか本気なのか、判断が付かない言葉に踊らされている晴翔に、涼太が要望を出す。郁恵から逃げるチャンスとみた晴翔は、腰を屈めて涼太に視線を合わせて答える。

「分かったよ。取り敢えず三種類のお魚のお刺身は作るよ」

「やったぁ！」

晴翔の言葉に無邪気に喜ぶ涼太。修一も頷きながら言う。

「やっぱり活きのいい魚は刺身にして食べたいね。なんたって我々は日本人だからね」

「分かりました。それでは、今日の夕飯はブリと鯛、そしてサワラの御造《おつく》りにしましょう。郁恵さんと綾香さんもよろしいですか？」

「ええ、もちろん！」

「私もお刺身食べたい」

東條家全員の了承を得たところで、早速晴翔は調理に取り掛かる。そこに修一が片手にレジ袋を持ちながらキッチンへやってくる。

「そういえば大槻君。もともと刺身は作ってもらう予定だったから、色々と使えそうな道具や野菜を買ってきていたんだ」

「あ、そうなんですか？　中を拝見してもいいですか？」

晴翔は修一からレジ袋を受け取り、中身を確認する。

中には魚の鱗《うろこ》を取る鱗搔きや、大根のつまを作るのに便利な千切りピューラー。そして、野菜は人参《にんじん》や大根、きゅうりに大葉などあしらいに使えるものが入っていた。

「修一さん有難うございます。これだけあれば、御造りの彩《いろどり》も良くなります」

晴翔が礼を言うと、郁恵が少し修一を揶揄《からか》うように笑みを浮かべる。

「この人ったら、こんなに色々買ってきているのに、肝心のワサビを買い忘れるんですものね」

「あははは、いやぁ～面目ない」

郁恵の言葉に、恥ずかし気に後頭部を片手でカリカリとする修一。

晴翔は、何故《なぜ》綾香がわざわざスーパーにワサビだけを買いに来たのか、その真相が知れて少しスッキリとした。

「それじゃ、早速捌いていきます」

晴翔はまず、ブリの尾を持ってまな板の上に乗せると、軽く水を掛けながら鱗を取っていく。

鱗が全て取れると頭を切り落としてエラを取り、お腹《なか》を開いて内臓を取り出した後に身を三枚におろしていく。瞬く間に三枚おろしになったブリを見て、修一が感心の声を上げる。

「本当に手際がいいね。見ていて気持ちがいいよ」

「有難うございます。自分もこんなに立派な魚を捌いた事はなかなか無いので、ちゃんと捌けるか不安でしたけど、これのお陰でとても捌きやすいです」

そう言って晴翔は手に持っている出刃包丁を少し待ちあげる。

出刃包丁は東條家の物を使わせてもらっているが、歯の根元の所に名が彫られていて、かなり高級感のある包丁である。その切れ味は抜群に素晴らしく、魚体が大きく骨が固いブリでも、危なげなく捌く事が出来ている。

晴翔は取り敢えず全ての魚を三枚におろした後、それぞれの血合い骨を切り落としたり、腹骨をすいたりして食べやすく処理していく。

「凄いわねぇ。私も大槻君に魚の捌き方、習おうかしら？」

郁恵はダイニングテーブルに座り、キッチンを覗き込みながら言う。

「自分で良ければ、お教えしますよ？」

晴翔は三枚におろした身の皮を引きながら答える。

「あら本当？　じゃあ今度教えてもらおうかしら？　綾香も一緒にどう？　将来の旦那様に魚を食べさせてあげる時に役立つわよ？」

「え？　いや、私は……」

少し戸惑いを見せる綾香に、郁恵は「うふふふ」と含みある笑みを浮かべる。

「嫌なの？　あ、でも大槻君みたいな人が旦那様になれば別に問題ないわね？」

「ちょっ！　ママ！　大槻君がいるのに何言ってるの⁉」

母のぶっ込み発言に、途端に顔を赤くする綾香。そんな娘の様子に、郁恵は平然と言う。

「あら、私は別に大槻君みたいないい人って言ったのよ？」

「……ママ嫌い」

郁恵の意地悪に、綾香は口を尖《とが》らせて拗《す》ねた態度を見せる。しかし、郁恵は楽しそうに晴翔に話しかける。

「大槻君。うちの娘が変な勘違いをしちゃってごめんなさいね。綾香は少し天然なところがあるけど、これからも仲良くしてあげてね」

「あははは、こちらこそ宜しくお願いします」

晴翔は三枚におろした身の柵取《さくど》りをしながら『私、不機嫌です』オーラを出して母に抗議している綾香を気にして、取り敢えず笑って無難な返事をしておく。今のところ娘の抗議が母に届いている様子は微塵《みじん》もない。

そこに修一が、顎《あご》に手を添えて神妙な面持ちでおもむろに口を開く。

「そうか、綾香が大槻君と結婚すれば大槻君は娘婿。つまり義理の息子になるわけか……ふむ、アリだな。いやしかし、まだ可愛い娘を嫁に出すのは……」

ブツブツと独り言を漏らしながら、自分の世界に入り込んで苦悩する修一。父の衝撃の呟きに、綾香は母への抗議などどこかに吹き飛んでしまったようで、グワッと修一の方を向く。

「ちょっとパパ⁉　一人で変な妄想しないでッ‼」

郁恵の揶揄いや冗談とは違い、かなりガチっぽい修一の発言に、綾香はかなり焦った様子を見せる。彼女は急いで、一人考え込む父を思考の海から引き上げようとする。しかし更にそこに、純粋無垢《むく》であるが故に、厄介な存在が襲来する。

「おにいちゃん、おねえちゃんと結婚するの？」

「うえッ⁉　え？　いや、そんな事は……」

「コラッ涼太‼　いま大槻君包丁持ってるんだから気が散るような事言わないの！　危ないでしょッ‼」

綾香は、晴翔の隣で彼の飾り包丁を見学していた弟の手を取り、引き剝《は》がす。

「でも、おねえちゃんとおにいちゃんが結婚したら、おにいちゃんは僕の本当のおにいちゃんになるんでしょ？」

晴翔が本当の兄になった時の想像をしているのか、ワクワクしたような表情で見詰めてくる涼太に、綾香は堪らずに目を逸らす。

「け、結婚するわけないでしょ‼　私達はまだ高校生なんだから！」

「あらまぁ、じゃあ高校を卒業したら結婚ね？」

「もう！　ママは黙ってッ!!」

そこから暫く、東條家では結婚する、しないと議論が飛び交う。かなりカオスな状況になっている会話に、ここで首を突っ込むと藪蛇《やぶへび》だなと危険を察知した晴翔は、目の前の魚の調理に集中してその場をやり過ごすことにした。

そして、全ての調理を終えた晴翔は、御造りを乗せた大皿を手に取る。

「え〜と、取り敢えず御造りが完成したんですけど……」

戸惑いがちに御造りを乗せた大皿をダイニングテーブルに運ぶ晴翔。彼が調理に集中している間に、かなり混沌《こんとん》を極めた状態になっている東條家。

真剣な顔で考え込む修一と、無邪気に結婚について姉を問い詰める涼太。それを顔を赤くしながら否定する綾香。そして、そんな状況を面白そうに、たまにチャチャを入れている郁恵。

晴翔はそんな東條家に、遠慮がちに声を掛ける。

「あの……ブリのあら汁も作ったので、ご一緒にどうぞ」

※

私は自分の部屋に戻ると、そのままベッドにダイブした。

「あぁ〜疲れた……」

ベッドの上で脱力しながら、私は盛大に溜息を漏らす。

「せっかくの大槻君の料理だったのに、全然味わう暇がなかった……」

パパが釣ってきた魚で凄く綺麗なお刺身の盛り合わせを作ってくれたのに、パパやママ、それに涼太が暴走してご飯を楽しむ余裕がなかった。

ホームセンターで買ったガスバーナーを使ってサワラの炙りとかも作ってくれていたのに、全然味わえなかった。

「そうだ、大槻君と動物園に行く約束……どうしよう」

ホームセンターで交わした約束。

本当は今日、大槻君が家事代行で来てくれている間に話をしようと思ったのに、それどころじゃなくなっちゃった。家族の暴走を止めるのに必死で、気が付いたら契約時間が過ぎて、結局ちゃんと話せないまま大槻君は帰っちゃった。

「でも、あそこで一緒に動物園に行くなんて話をしたら、もっと家族の暴走が酷《ひど》くなっちゃってたよね……」

ママは凄くニヤニヤしながら揶揄ってくると思う。でも、まだそれは大丈夫。いや、大丈夫じゃないけど、けど大丈夫。

涼太も凄く喜ぶだろうけど、これも問題なし。

一番の問題はパパ。

パパは完全に大槻君の事を気に入っちゃってる。ママも彼を気に入ってるけど、パパはもう大槻君を義理の息子にしたいとか本気で思ってそう。

さっきもご飯を食べながら、大槻君に今度一緒に釣りに行こうって熱心に誘ってたし。

「あぁ！　もう！　私まだ高校生だよ‼」

私は枕《まくら》に顔を埋めて叫ぶ。

結婚だとか義理の息子だとか、そんなのを考えるのはまだまだ早すぎるよ！

そりゃあ、大槻君みたいな家事を完璧《かんぺき》にこなせる、優しい人が旦那さんだったら理想かも知れないけど……。

「って、違うでしょ私！」

私はブンブンと頭を振って思考をリセットする。

家族の大槻君の評価がどんどん高くなっていって、なんか外堀が埋まっていってる感じがする。

でも、問題はそれだけじゃない。

むしろ、深刻なのは『こっち』の方かもしれない。

夏休みに入る前。もう名前忘れちゃったけど、何とか先輩が私を校内放送で呼び出してプロポーズしてきた時。あの時の私は只々恥ずかしかった。一刻も早くあの場から逃げ出したかった。結婚なんて想像もできないし、高校生のうちから婚約とか、あの先輩は正気じゃないとすら思っていた。

でも……大槻君だったら……。

パパが大槻君の事を娘婿とか言って、涼太に『結婚するの？』とか聞かれて、私は少し想像してしまった。イメージが出来てしまった。

大槻君と一緒に、同じ屋根の下で暮らす生活を。

そう、最も深刻なのは家族の暴走じゃなくて『私』自身の気持ち。

ママが大槻君の事で揶揄ってくるのも、涼太が大槻君を本当のお兄ちゃんにしたがるのも、パパが大槻君を心底気に入っているのも、全て…………嫌じゃない。

私は心のどこかで、家族に受け入れられている大槻君を見て嬉しく思っている。

「……咲《さき》に相談しよ」

私はスマホを取り出して親友とのトーク画面を開く。

今はまだ夜の十時をちょっとすぎたくらいだから、きっと咲は起きているはず。

通話ボタンを押して、私は画面に映し出される藍沢《あいざわ》咲の文字を眺める。通話は数秒ですぐに繋がった。

『にゃん？』

「咲、あのさ……ちょっと相談があるんだけど……」

『お？　何だい何だい？　恋のお悩みかい？』

冗談ぽく聞いてくる咲の言葉に、私は少し鼓動が速くなるのを感じた。

「…………………かな」

『……へ？　え？　うそ!?　えッ!?　マジでッ!?』

咲の激しく動揺した声と共に、スマホの向こう側からガラガラドッシャン！　と激しい音が聞こえてくる。

「え？　ちょっと咲？　大丈夫？」

『大丈夫な訳ないでしょーッ!!　どゆことよ！　綾香が恋の相談なんて！』

「落ち着いて、ね？　一回落ち着こう？」

『落ち着けねぇー！　ぜんっぜん落ち着けねぇーわ!!　もしかして、あれ？　皆藤《かいどう》先輩のやつ？　実はあの後も悩んでた感じ？』

夜だっていうのに、咲の声は興奮で少し上擦ってる。というか、皆藤先輩のやつ？　皆藤先輩って誰だろう？　う〜ん……あ、夏休み前の校内放送先輩の事かな？

「いや、全然それは関係なくて」

『そうなん？　じゃあ誰？　綾香のハートを射止めちゃったのは一体誰なの!?』

「いや、まだ射止められた訳じゃないけど……」

そう、私はまだ恋には落ちていないはず……多分。

「そのね……前に咲、言ってたじゃん？」

『ん？　私？　何か言ったっけ？』

「言ったじゃん、ほら……私と相性がいいとかなんとか」

私は恥ずかしくて名前を言えず、もじもじとしながら一人顔を赤くする。

『んん？　相性……あぁ、大槻君の事？』

スマホから届く彼の名前に、私の心臓がトクンと高鳴る。

「…………うん」

『うわぁ！　マジ⁉　……あれ？　ちょっと待って？　……でも今夏休みじゃん？　大槻君となんでそんな事になってるん？』

「それは、まぁ……色々あって」

『え？　気になる！　その色々めっちゃ気になる‼』

物凄い食いつきを見せる咲に、私は大槻君との出会いを説明した。途端にスマホのスピーカーが音割れを起こしそうな程、咲の興奮した声が私の部屋に響き渡る。

『なにそれ最高じゃんッ‼　リアル恋愛漫画！　そんな偶然ある⁉　いや無いよ！　もうそれ運命じゃん‼　てか大槻君スペック高すぎ！　マジウケる！』

「大槻君の料理は本当に美味しいよ」

『おうおう、何ですか？　もう惚気《のろけ》話ですか？』

「ち、違くて！　私は咲に相談したいの！」

『相談？　どうやって告白するかの？』

親友のその一言で私の顔は耳まで赤くなったと思う。体が凄く熱く感じるのは、きっとお風呂《ふろ》上りとは関係無い。

「いや、告白とかの前に、私の気持ちがどうなっているのか……その、大槻君の事が、好き……なのかどうか、もう自分じゃ分からなくて……それで咲に相談したいの」

『…………………………』

私がそう言った後、咲は黙り込んじゃった。全然反応が返ってこない。

え？　もしかして寝ちゃった？

本気でそう思う程に沈黙が続いた後、やっと咲が話し出してくれた。良かった寝てなくて。

『まぁそうだよね。綾香はずっと男子避けてたもんね。恋愛したくても出来なかったんだもんね。そういう気持ちが分からなくて当然っちゃ当然か』

一人納得した様に言う咲。

なんか物凄く同情されている様な気がするのは気のせい？

私はもどかし気に問いかける。

「どういう事？　そういう気持ちって何？」

『それはねぇ、スマホで話すのも勿体《もったい》ないし、明日会う？』

「え？　勿体ないの？　明日は全然会えるけど……え？　今教えてくれないの？」

なんだか咲に焦《じ》らされている気がする。

『明日、たっぷりと時間を掛けて相談に乗ってあげるから。じゃあ明日の十一時にいつものカフェで、いい？』

「う、うん。いいけど……ねぇ、今教えて？　私は何を分かっていないの？」

『まぁまぁ、それじゃ明日ね』

「え、ちょ、咲？　……切れちゃった」

私はトーク画面に戻ったスマホを眺め、再び親友と通話を繋ぐか迷う。でもきっと咲の事だから、のらりくらりと誤魔化《ごまか》されるんだろうなぁ。

昔からよく知っている親友の性格を考え、私は諦めてスマホを枕元に置く。

「私……何を分かってないんだろう？」

自分の部屋の天井《てんじょう》を眺めながら、私はさっき親友から言われた事を延々と考え続けた。

※

カーテンから差し込む朝日に、私は堪《たま》らず顔を顰めて横を向く。

「うぅ……眠い……」

枕元のスマホで今の時刻を確認する。

「七時……起きなきゃ……」

　昨日の夜、咲との通話のあと色々と考えていたら目が冴《さ》えちゃった。眠りに落ちる前は空が明るくなりかけた頃だから、ほとんど寝れていない。でも、今日は咲と会う約束だからそろそろ起きて出掛ける準備をしないと。

　無理やり上体をベッドから起こすと、それに体が抗議するかの様に特大の欠伸《あくび》が漏れる。ベッドがまるで磁石かと思っちゃうくらい凄い力で私の体を引き寄せてくる。そこを私は固い意志で体を引き剝がして自室を出て洗面台へと向かう。

　冷たい水で顔を洗うと、少しだけ眠気がましになった気がする。

　洗面台の隣に掛けてあるタオルで顔を拭《ふ》いて、私は鏡に映る自分の顔を見つめる。

「寝不足で目が腫《は》れぼったい……こんな顔、大槻君には見られたくないな……」

　寝不足で回転しない頭でぼーっと呟きを漏らした後、私は自分が何を言ったのかを遅れて自覚して赤面しちゃう。

　赤く染まった自分の顔を映し出す鏡から、私は顔を逸らして一階のリビングに向かう。

「あら？　おはよう綾香。今日は早いのね」

「おはようママ」

　リビングにはもうママがいて、キッチンで朝食の準備をしていた。

「今日は咲と会う約束してて、十時には家を出ないと」

「あら咲ちゃんと？　そういえば私、最近咲ちゃんと会ってないわぁ」

「家が遠くなっちゃったからね」

咲が引っ越す前は頻繁にこの家にも遊びに来ていたから、当然ママとも面識がある。

「咲ちゃんによろしく伝えておいてね」

「うん、分かった」

私はママに相槌《あいづち》を打ちながら、ダイニングテーブルに座る。

「ママはもう仕事に行くの？」

既にママはビシッとスーツを着て仕事モードになっている。ちなみにパパはもう仕事に行ってるっぽい。

「そうなのよ。今日は早くから仕事が入っちゃって。咲ちゃんと会う前に涼太を幼稚園に連れて行ってもらえるかしら？」

「うん、いいよ」

涼太の幼稚園も今は夏休み中だが、こうやって親二人が朝から仕事に行くときは、空いていれば預かり保育を利用している。

「朝ご飯はもう食べる？」

「う～ん、食べようかな」

「分かったわ。すぐに出すから待っててね」

ママがそう言った十分後くらいに、テーブルの上に朝食が出てきた。

私は並べられたその朝食を見て少しびっくりする。

「え？　なんか今日は朝から豪華だね。料亭の朝食みたい」

「でしょう？　これね、大槻君が昨日作り置きしていってくれたのよ。今日朝早くから仕事に行かないといけなかったから、ほんと助かるわぁ」

驚く私にママは上機嫌で言う。

え？　大槻君いつの間にこんなのを作り置きしていたの？　全然気が付かなかった。

呆然《ぼうぜん》と朝食を眺めている私に、ママが一つ一つ朝食の品を説明してくれる。

「これは鯛飯ね。それと、こっちがサワラの西京焼きにブリの煮付け。あとは、ほうれん草と人参の白和《しろあ》えと、これが鯛のすまし汁」

「すご……」

何なのこの朝食？　え？　ここ旅館？　眠気吹き飛んじゃった。

私は驚きを隠せないまま「いただきます」をして、朝食に箸《はし》を伸ばす。

「……美味しい」

鯛飯はよく出汁が取れていて、醤油《しょうゆ》や生姜《しょうが》の風味が鼻を抜けて、舌の上では鯛の身の甘さがほのかに広がる。サワラの西京焼きも、トロッとした食感に少し甘塩っぱい味付けとサワラの脂の旨味が絶妙に合わさって、自然と笑みが溢《あふ》れちゃう。どうしよう、ご飯を口に運ぶ箸の手が止まらない。

「ふふ、綾香ったら幸せそうな顔しちゃって」

「だって、美味しいんだもん」

「そうね。大槻君に感謝ね」

ママのその言葉を聞いて、私は思わずハッと身構えちゃう。だけど、ママは昨日みたいに揶揄ってくる事は無かった。なんか凄く優しい目で私を見てくる。

何だろう、ちょっとむず痒《がゆ》い気持ちになる。

「綾香」

「……なに?」

「青春っていうのはね。人生の中のほんの一瞬で、すぐに通り過ぎて行っちゃうものだけど、人生の中で一番、楽しくて、苦しくて、悩んで喜んで、とーっても大切な時期なの。だからね、目一杯『今』を生きなさい。いま感じているものはいつかきっと、あなたの大切な財産になるわ」

「…………うん」

ママはずるい。

いつもはニヤニヤしながら揶揄ってくるのに、たまにこうやって『母』になる。そんな事をされたら『娘』の私は嬉しくなっちゃうじゃない。

「このすまし汁、美味しいね」

「そうねぇ、凄く美味しいわ」

私は大槻君が作った、優しい味のする料理をママと一緒に楽しんだ。

※

涼太を預かり保育に連れて行ったあと、私は咲と待ち合わせしているカフェに向かう。

大通りから外れた閑静な住宅街にひっそりと佇《たたず》む、落ち着いた雰囲気のカフェ。私が扉を開けるとチリンチリンと小気味よいベルの音が響く。

「いらっしゃいませ」

カウンターでグラスを拭いていたマスターさんが、席に着いた私の所にお冷を持って来てくれる。

「ご注文はお決まりですか？」

「はい、アイスカフェオレをお願いします」

「畏《かしこ》まりました」

マスターさんは丁寧にお辞儀をしてカウンターに戻っていく。

落ち着いた雰囲気の店内と紳士で丁寧なマスターさん。大通りから外れている為か、お客さんの数は少なく私の他には二人しかいない。

うーん、咲はまだ来てないや。

心地良い静けさの中で、ほんのりと響くジャズのＢＧＭ。

せっかくのお気に入りのカフェだから、ゆったりとした気分で咲が来るのを待っていたいけど、今日ばかりはそんな気分になれない。

私は何度も店内の壁掛け時計に視線を向けて、ソワソワしながら親友が来るのを待つ。頭の中では、昨日の夜に言われた事で一杯になってる。早く咲から話を聞かないと。

……もう！　さっきから全然時間が進まないよッ！

さっき時計を見た時は十時四十分だったのに、いま時計を見たらまだ十時四十一分なんだけど？　あの時計壊れてるのかな？

私は自分のスマホでも時刻を確認してみる。

十時四十一分……あ、四十二分。うぅ、一分過ぎるのがこんなにも長く感じるなんて、早く咲に来て欲しい。

それから、私は今までの人生で一番長いんじゃないかと思う数分を過ごす。そして、ようやくカフェの入り口に親友が現れた。

「あ、やっほ～綾香。待たせちゃった？」

「めちゃくちゃ待ったよ。十分以上は待ったよ」

「おけおけ、じゃあ許容範囲～」

咲は私の文句を軽く受け流して対面の席に座る。今の時刻は十時五十分。待ち合わせの十分前には来てくれているから、これ以上強く文句は言えない。

私は待ちきれずに咲に問いかける。

「ねぇ咲。昨日の話なんだけど、私は――」

「どうどう！ 待ちなされ迷える子羊ちゃんよ。まずは私に注文させてくださいな」

「あ、うん。ごめん」

「え～と、綾香は何頼んだ？」

「アイスカフェオレだよ」

「んじゃ私も同じやつ～」

咲はちょうどタイミングよく注文を伺いに来たマスターさんにアイスカフェオレを頼んだ後、出されたお冷を一口飲む。

うぅ～！ 早く話を聞きたいのに～！ 咲ってばわざと私の事焦らしてる？

お冷を飲んで「ふひ～生き返るぅ」なんて言ってる咲は、私と目が合うと「ふふっ」って口元を手で覆《おお》って笑いを堪えてる。

「ちょっと綾香。なんちゅう顔してんのよ」

「だって……咲が焦らすんだもん」

そんな事されたら、私の頬《ほお》が膨らんで唇が尖るのは当然だよ。

「可愛いやつめ～、よしッ！　それじゃあ早速この咲さんが相談にのってあげましょう！」

「咲が昨日言ってた『そういう気持ち』って何なの？　私は何を分かってないの？」

昨日の夜からずっと頭の中をぐるぐる回っていた疑問を早速ぶつけてみる。そうしたら、咲はとても面白そうに笑う。

こっちは凄く真剣に悩んでいるのに……もう……。

「あははは！　いきなりだね。さては綾香、夜寝れてないでしょ？」

「それはそうだよ！　あんなふうに通話を終了されたら気になるのは当然でしょ！」

「ごめんて、でも大事な事は直接会って話したいじゃん？」

「それは……まぁ、そうだけど……」

私は咲の言葉に渋々頷く。

「それじゃあ、まぁ本題なんだけど」

今までよりも少し表情を引き締めて、真剣な顔付きになった咲が私の目を見て言う。

ど、どうしよう。ずっと聞きたかったのに、いざその瞬間になるとちょっと耳を塞《ふさ》ぎたくなるというか、逃げ出したくなるというか……。

「取り敢えず確認だけど、大槻君は家事代行として綾香の家を訪ねるようになったと」

「うん」

「それで、涼太や郁恵ママ、修一さんに大槻君は気に入られたと」

「うん」

「そして、そんな大槻君の事が綾香は最近気になっていると」

「ぅ……うん……」

改めて言葉にして言われると凄く恥ずかしい。多分、また私の顔は赤くなっちゃってると思う。

「それで、綾香は大槻君の事が気にはなってるけど、それが恋心なのか、はたまた別の何かなのか。それが知りたいと」

「恋……まぁ、そう……だね」

恋……そうだよね。私がもし大槻君を好きになっちゃってたら、それは……私は恋をしているって事になるんだよね。

どうしよう、鼓動が速くなって少し胸が苦しい……。

そんな私の様子を見ながら、咲はゆっくりとした口調で聞いてくる。

「綾香はさ、自分の気持ちをどう思ってるの？」

「それが分からなくて、咲に相談してるんだけど……」

「そっか、そうだよね。う～ん、じゃあさ……」

咲はちょっと視線を上に向けて考えるような仕草を見せた後に、少し悪戯《いたずら》っぽい表情で私を見てきた。

「ちょっとさ……大槻君、私に紹介してよ」

咲の言葉を聞いた瞬間、私の心は激しく動揺した。

「えッ!?　……な、なんで?」

え?　うそ?　なんで?　どうして?　咲も大槻君の事……好きなの?

「じょ、冗談だよね?　そうなんでしょ?　ねぇ咲?」

「いやいやマジマジ。だからさ、今度綾香の家に大槻君が来る時にさ、私も遊びに行ってもいいよね?」

「……ダメ」

考えるよりも先に、言葉が先に出てきちゃってた。

咲が大槻君と仲良く話してる姿を想像したら、なんだか今まで経験した事が無い苦しみが、胸にギュッと込み上げてくる。

こんな気持ち……今まで一度も感じた事無い……。

でも、家事代行の時の大槻君は私しか知らない大槻君で、それを他の誰かに知られるのは、たとえ親友の咲でも……凄く嫌。

「ダメなの?」

咲が容赦なく問い掛けてくる。

「うん……ダメ……ダメだよ」

咲は可愛いもん。

私と違って男子ともちゃんと接してるし、話も上手で面白い。そんな咲と仲良くなったら、きっと大槻君は彼女に惹《ひ》かれちゃう。

そうしたら……そうしたら、大槻君が……。

「盗《と》られちゃう」

「えっ⁉」

咲が放った一言に、私は思わず目を見開く。

「いま、綾香そう思ったでしょ？　大槻君が私に盗られるって」

「ううん……別にそんな事……いや、うん……思った……かも」

私の返答に咲は満足そうな表情を浮かべる。

「凄く嫌な気分になったでしょ？」

「うう……なった……」

「それはどうして？」

咲はまるで教師が生徒に問題を出すみたいに、私に問い掛けてくる。

どうして？　どうして私は嫌な気分になったの？　それは……大槻君と咲が仲良くなるのが嫌だったから？　私しか知らない大槻君を知られるのが嫌だったから？　つまり私は、大槻君を……独占したい？　それは何で？　なんで私は大槻君を独り占めしたいの？

それは……その理由は……つまり、やっぱり私は……大槻君の事が……。

「好き……だから」

言っちゃった……ついに言葉に出しちゃった。

大槻君への想《おも》いを。

私の答えを聞いて、咲は優し気に笑い掛けてくる。

「よく出来ました。花丸をあげましょう」

「……わたし、大槻君の事……好きなの？　これが好きって感情なの？」

「まぁ、そうね」

私は自分の胸に手を当ててみる。いつもより少し速い鼓動に、私は俯く。

「なんか納得いってなさそうね？　綾香は何が不満なの？」

「私……大槻君のどこが好きなの？　いつから好きなの？　それが……分からないの」

大槻君と接点が出来たのは、ほんの数日前、夏休みが始まってから。家事代行で来たのだってまだたったの四回。そんな短い期間で、なんで私は大槻君の事を好きになっちゃったの？

「恋に落ちた瞬間が分からないの。普通の恋ってその瞬間が分かるものなんでしょ？」

大槻君の事を意識する様になったのは、一輪車で倒れかけた時に抱き締められてからだけど、いま思い返したら、その前から大槻君の事が気になっていた様な気もするし……。

「……綾香さ、その普通って何を基準に普通って言ってる？」

「え？　それはもちろん恋愛漫画とか恋愛小説だよ？」

私がそう言った途端に、咲は「あちゃー」って言いながら天を仰《あお》いだ。

「あのね綾香、いい？　あなたの基準は普通じゃないから。むしろ普通とは対極にあるから」

「ええ？　そんな事無いよ！　だってどの恋愛漫画読んでも、ヒロインが恋に落ちた瞬間って一目瞭然《いちもくりょうぜん》だよ？　漫画によっては見開き一ページ使って表現してるのもあるんだから！」

「漫画基準で現実の恋を語るのをやめいッ!!　恥ずかしいわッ!!」

恥ずかし気に私を制止した咲は、なんか哀れな人を見る様な視線を向けてくる。

「あのね？　漫画には読者がいるでしょ？　その読者を楽しませないといけないから、敢えて分かりやすくしてるの。分かる？」

「でもでも！　漫画だけじゃなくて恋愛小説も――」

「それもフィクション!!　全て幻想！　強いて言うなら作者の妄想ッ！　現実じゃ有り得ないから！」

「ええっ!?　そ、そんなぁ……」

私の恋愛価値観が、咲の言葉で粉砕される。

じゃあ、私が今まで夢見てた『恋』は、全て幻だったたって事なの……？

激しくショックを受けている私に、咲は「はぁ～」と盛大に溜息を吐いている。

「漫画も小説も、実体験をもとにしてるだろうから、全否定はしないけどさ。やっぱり現実の恋は全然別物だと私は思うよ？」

「……そうなの？　じゃあ、現実では恋に落ちた瞬間は分からないの？」

「まぁ、分かる時もあるんだろうけど、大抵は気付いたらもう好きになっちゃってたパターンが多いと思う」

「気付いたら好きになってる……」

まさに、今の私だ。

「で、でもさ？　現実の恋でも、好きな人と目が合うとドキッとするものでしょう？」

「そりゃあ、そうだね」

「なら私は……まだ恋に落ちていない可能性も、あるかもしれない」

一輪車の件から、私は自分の気持ちを確かめる手段として、意図的に大槻君と視線を合わせようとした。

スーパーで買い物してる時に目が合った時は、確かに少しは……ちょっと……多少はドキッとしたけど、あの時はどっちかっていうと、急に目が合ったことに対してびっくりしてドキドキしただけかもだし……。それにその後、彼と並んでキッチンに立った時は、そこまでドキドキはしていなかった……と思う。

その時の事を咲に話すと、再び大きな溜息を吐かれちゃう。

「あのさ？　さっきも言ったけど、創作物は判断基準にならないからね？　それと、綾香が大槻君と目が合った時にそこまでドキッとしなかったって言うけど……」

咲は少し間を開けてから、衝撃の事実を私に突き付けてきた。

「あなた、大槻君と目が合う前からドキドキしてたでしょ」

「――ッ⁉」

私は驚愕で目を見開く。

た、確かに……言われてみればそうかもしれない……。

口をポカンと開けたまま固まる私に、咲は苦笑を浮かべる。

「最初から大槻君にドッキドキしてて、更に目が合ってドキッとしてたら、もう心臓がもたんて。恋の発作で心停止、あの世行きよ」

「恋の発作であの世行き……」

実はあの時、私は命の危険に晒《さら》されていたのかもしれない……。

「じゃ、じゃあ……あの時はもう、私は大槻君の事好きになっていたって事なの？」

動揺を隠せない私は、少し声を震わせながら対面に座る咲に尋ねる。

「そういう事になるんじゃゃない？」

当たり前の事の様に答える親友に、私は一旦心を落ち着かせようと、お水を少し飲む。

「でも……私、大槻君の事ほとんど知らないのに、なんで好きになっちゃったの？」

今まで学校では全く関《かか》わりが無かったのに、家事代行として家に来た途端に急に惚れてしまうなんて、そんな事あるのかな？

「知らないから、好きになったんじゃないの？」

「え？　どういう事？」

「知らないから、もっと知りたいって思う。そして、新しい一面を知って、更に好きになる。で、もっともっと知りたいってなる。恋ってそういうもんじゃん？」

知らない一面を知って、更に好きになる……。

私は咲の言葉に、ふと昨日の出来事を思い出す。

確かにスーパーで大槻君と偶然出会った時、彼の無邪気な笑顔に凄く魅力を感じた。家事代行以外の大槻君の姿に凄く惹かれてしまった。

「恋って、そういうものなんだね……」

「お？　もう既に心当たりありかね？」

「う、うん……」

「ふふふ～いいねぇ～青春だねぇ～」

ニヤニヤと茶化してくる咲に、私は堪えきれずに視線を横に逸らす。

「お待たせしました。アイスカフェオレで御座います」

そこにちょうどよく、マスターさんが注文したものを持って来てくれた。私は早速アイスカフェオレをストローで飲む。

ほろ苦くて冷たいアイスカフェオレが、熱く火照《ほて》った私の身体を少し冷やして落ち着かせてくれる気がする。

少し落ち着いた頭で、今までの咲との会話を整理しようかな。

まず、私は大槻君の事が……好き。これはもう、目を逸らす事が出来ない事実。この気持ちとはちゃんと向き合わないといけない気がする。

でもそこに、少しだけ不満なところがある。

それは大槻君の事を好きになったきっかけ。咲は漫画や小説を当てにするなって言うけど、やっぱり憧《あこが》れは簡単には捨てられない。

一輪車の件がきっかけなのかと言われたら、ちょっと微妙な気もするし。今まで咲と話してたら、なんかその前から私は大槻君の事、好きになっちゃってたっぽいし……。

私の理想の恋に落ちるきっかけとしては、急な雨に困ってる時に傘を差しだしてくれるとか、不良に絡まれている時に颯爽《さっそう》と助けに来てくれるとか、気になる男子が実は昔好きだった幼馴染《おさななじみ》とか……私、男の子の幼馴染いないからそれは無理なんだけどさ。

でもやっぱり、女子としてそういうシチュエーションに憧れを抱くのは当然だと思う。だって……女の子だもん。

「咲はさ、前に彼氏いたじゃん？」

「うん」

「きっかけは？　どんなのだったの？」

「う～ん、きっかけかぁ……どんなんだったっけ？　確か……」

「確か？」

私は咲をジッと見詰めて答えを待つ。

「何となく？」

「な、何となく……」

期待した答えを得られずに、少し落胆する私に咲は苦笑を浮かべる。

「現実はそんなもんよ？　なんかいいなぁなんて思ってたら、気付いたらその人を目で追うようになって、気付いたらその事ばかり考えちゃってて、そして好きになっちゃう。そんな感じ。何がきっかけとかはよく分かんないや」

「そう……なんだ」

でもそうだよね、現実は漫画や小説とは違うもんね。皆が皆、ドラマチックでロマンチックな恋をするわけないもんね。

そうやって自分を納得させようとする私に、少し呆れた様子で咲が言う。

「あのさ？　綾香は大槻君を好きになったきっかけに拘《こだわ》ってるけどさ？　きっかけなら、もうあるじゃん？」

「え？」

もう、きっかけがあるの？　なんかあったっけ？　私が大槻君と恋に落ちる様なきっかけ？

「え？　て……もう。綾香ってたまにさ、ポンコツになるよね。まぁ、そこが可愛いというかほっとけないところなんだけどさ」

「ぽ、ポンコツって酷くない!?」

私はそんなにポンコツじゃない！　と思いたい。たまにママとか、他の友達に『天然だね』って言われるけど、ポンコツって事は……ない！

「ポンコツだよ。だってさ、大槻君との凄いきっかけがあるのに、それを忘れてるんだから」

「そんなきっかけ、特にないよ？」

「あるじゃん。家事代行サービスを頼んだら、同じクラスの隠れハイスペック男子が来ちゃいました。っていう奇跡みたいなきっかけが」

私の中に衝撃が走った。

「もうこれ、字面だけ見たらラブコメのタイトルそのものでしょ」

た、確かに！　そんな感じのタイトルの書籍が、私の部屋の本棚に並んでいたとしても、全然違和感ないかも。

「ようやく気が付きましたかね綾香さん？　それとも、これよりももっと強烈なきっかけが必要？」

「い、いえ……とても、十分です」

あぁ、もう言い訳出来ない……。

私は、完全に大槻君に恋をしている。

「私……恋しちゃったんだね」

「ついに観念しましたな」

「だってもう……言い訳できるところが無いもん」

もしかしたら、私は初めから大槻君が気になっていたのかも知れない。一目惚《ひとめぼ》れだったのかもしれない。

今まで散々男の子から一目惚れって言われて、その度に告白を断っていた私が。

一目惚れなんて理解できないって思ってた私が。

「ねぇ咲。これから私、どうすればいいかな？」

これが私にとって初めての恋。

初恋。

何をどうしたらいいのか、何も分からない。

「こ、告白……した方がいいのかな？」

その時の事を想像したら、緊張で心臓が口から出てきそう。恋の発作で心停止しちゃいそう。

今まで私に告白してくれた男子達も、こんな風に緊張してたのかな？　だとしたら、よく考えもしないですぐに断っていたのは、ちょっと申し訳なかったかも。

と、大槻君への告白を考えていた私に、咲が待ったをかけてきた。

「早まっちゃダメよ綾香。告白はまだよ」

「え？　ダメ……なの？」

大槻君への気持ちに気付いちゃったら、もう告白するしかないんじゃないの？　そう思い込んでいる私に、咲は窘《たしな》める様に助言をくれる。

「告白は取り敢えずの目標地点。まずはそこまで行くのに段階を踏まないと」

「段階？　どんな？」

「取り敢えず、今よりももっと距離を縮める為に、デートに誘うのよ」

デート、大槻君と……。

それって二人で遊園地に行ったり、ショッピングモールに行ってお買い物したり海に行ったり。……私、大槻君に水着姿、見せちゃうの？

どうしよう、想像したら凄く恥ずかしい！　けど、私も大槻君の水着姿、見てみたいな……。

「おーい綾香。だらしない笑みがだだ洩《も》れですよ～」

「はうッ……こ、これは、その……」

「なになに～？　もしかしてヤラシイ事とか想像しちゃってた？」

「ッ⁉　そ、そんなわけないでしょッ‼」

咲の言葉を私は全力で否定する。

私は別に、ただ大槻君と海に行きたいなって思ってただけで、別にやましい事は無くて、だって海に行ったら水着になるのは当然の事だし、それが視界に入るのは不可抗力だし……。

「ふ〜ん？　そっか〜」

「な、なに？　本当に別に、変な事なんて考えてないもん」

咲がずっと疑いの目で私を見てくる。何とかして話を逸らさないと。

「そ、そういえば。デートなんだけど私、大槻君と動物園に行く約束してたんだった」

そう言うと、咲はガタッと僅《わず》かに腰を浮かせて驚いた表情を見せてきた。

「えっ⁉　なに⁉　もうちゃっかりデートまでこぎつけてたの？」

「えと……正確にはデートというより、名目上は涼太の付き添いというか、まぁ……そんな感じで……」

「なるほど、涼太が一緒か……」

咲は何やら考え込むように顎に手を添える。

「それだとハードルは下がるけど、大槻君がデートって認識しない可能性もあるわね。その動物園はいつ行くか決まってるの？」

「ううん、まだ。日程については後で話し合おうって」

「なるほどなるほど……じゃあ、その日程の話し合いを口実にできそうね……」

咲はまた一人で考え込んじゃう。

咲は私と違ってこれまでに数回、恋愛を経験している。ここは黙って先輩の指示を待っているのが良さそう。

大人しくジッと待つこと数十秒。考えがまとまった咲が、何やら自分のバッグからクーポンみたいな紙を取り出して私を見る。

「親友の私から綾香に、恋愛秘密道具を授けましょう」

「恋愛秘密道具？」

咲がくれたのは、二枚のチケットの様なもの。これは？　映画の割引券？

「これを使って、大槻君を映画に誘うのよ」

「え？　い、いきなり映画デート？」

「いきなりって、もう動物園の約束はしてるんでしょ？」

「う、うん」

「なら、その日程を話し合うついでに一緒に映画でも観ましょ？　って誘えばいいのよ」

「え、ええ……」

それって結構ハードル高くない？　私、ちゃんと誘えるかな……。

少し尻込《しりご》みしちゃう私に、咲が忠告する様に言う。

「綾香。あなたはまだまだ恋愛のスタート地点にいるのよ？　いいえ、まだそこに立ってすらいないのかも知れないわね」

「え？　そ、そうなの？」

「そうよ。恋愛は競争なのよ。とてもとても厳しい競争なの。こんな競争に参加しなきゃよかったって後悔する事もあるくらいにね」

「なんか……怖いね」

「そうね。でも、好きになったらもう自分じゃどうする事も出来ないの。気付いたら勝手に好きな人の事を目で追ってるし、朝に一言交わしただけで一日が輝くし、会えない日はその人の事ばっかり考えるし。もう自分の意思で止めるのなんて無理。勝手にそうなっちゃうんだから」

咲の言葉は私の中に重く響く。

私はどうなんだろう？　大槻君の事は好きだけど、まだ……そこまでじゃないのかな？　でも、そのうちなっちゃうのかな？

咲にはまだスタート地点に立ってないって言われたし……恋って怖いなぁ……でも、ちょっとだけ、ううん、結構……ワクワクもしちゃってるかも。

「私、映画に誘ってみる」

私は咲から貰った割引券を見つめて言う。

「うん、がんばば」

咲は短い言葉の後に、ニッと私に笑い掛けてくれる。

「ねぇ、また……相談、乗ってくれるよね？」

「もちろんよ！　実は私もね、綾香とこういう恋バナ出来るのがすっごく嬉しいんだよね」

頼もしい返事をしてくれる親友に、私も表情を緩める。

「綾香ってさ、まぁ色々あって男子避けてたじゃん？　でも、こうやって気になる人が、好きだと思える人が現れてくれて、本当に良かったって心からそう思ってるよ」

「……うん。ありがとう」

やっぱり咲は、私にとってかけがえのない親友。本当に咲みたいな友達がいてよかった。

「私、頑張る！」

「うんうん、頑張れ頑張れ!!　全力で応援しちゃる！」

気合いを入れて宣言する私に、咲も満面の笑みで応《こた》えてくれる。

「でさ、綾香は大槻君のどんなところが好きなのよ？」

「そ、それはね――」

その後、私は時間も忘れて親友との初めての恋バナに花を咲かせた。

※

カフェからの帰り道。

家に続く道を歩きながら、私はふと空を見上げた。

雲一つない、どこまでも蒼《あお》く広がる夏の空に、自分の気持ちを重ねてみる。

私……恋しちゃった！

自覚してからは、まるで世界が変わったかのような、そんな気がした。

目に入る全てのものが輝いて見えて、今までの人生が色褪《いろあ》せて感じてしまう程に、私の心は鮮やかな色彩で埋め尽くされている気がする。この胸の高鳴りも、湧き上がる感情も、頭上に広がる夏空みたいに、どこまでも広がっていく感じがする。

私は、大切に持っている二枚の割引券を見る。

咲がくれた恋愛秘密道具。まずはこれで、大槻君をデートに誘う！

まだ夏休みは始まったばかり。

私は今まで感じた事が無い程の高揚感と、それと同じくらいの不安を胸に、弾む足取りで歩き出す。

「恋って凄いなぁ‼」

内容は覚えていない、けど忘れられない映画

東條《とうじょう》家で魚を捌《さば》いた翌日、晴翔《はると》は通っている空手道場に来ていた。

晴翔は道着に着替えた後、少し肩が重いような感じがしてしきりに首を回したりする。それを見ていた、同じく道着に着替えている石蔵《いしぐら》が晴翔に声を掛ける。

「なんだ晴翔。肩でも凝ってんのか？」

「ちょっと、昨日魚を捌いたんですけど、結構大物のやつを三匹捌いたんで」

鯛だけならまだしも、ブリやサワラはかなり大型だった為、さすがの晴翔も若干疲労を感じていた。特にブリなんかは、骨も太く頑丈なのでなかなかに重労働である。東條家の切れ味抜群の高級出刃包丁じゃなかったら、もっと疲労が溜《た》まっていただろう。

「次の日にまで疲労が残る魚って、どんだけ巨大な魚を買ったんだよ」

若干あきれ顔で言う石蔵に、晴翔は苦笑を浮かべる。

「いえ、俺《おれ》が買ったんじゃなくて、バイト先で捌いたんすよ」

「ほー、そういや晴翔のバイトって何やってんだ？　魚屋とかなのか？」

「いえ、家事代行サービスです」

石蔵の質問に晴翔が答えると、突然背後から話し掛けられる。

「ハル先輩を終身雇用します。一生私の家事を代行してください」

「おっ⁉　びっくりした……急に後ろから話し掛けるなよ雫《しずく》」

晴翔が驚いて振り返ると、そこにはこの道場の一人娘、無表情を張り付けた道着姿の雫が立っていた。

「気配を感じられないようでは空手の頂点には立てませんよハル先輩？」

「いや別に、そこまで大層な志は俺には無いよ」

「ハル先輩の向上心が低いなんて、堂島《どうじま》道場の人間として私は悲しいです」

無表情ながらも、相変わらず口だけは達者な雫は「およよよ」となんとも下手糞《へたくそ》な泣き真似《まね》を披露する。

「ハル先輩も少しはカズ先輩を見習ったらどうです？　カズ先輩なんて凶悪顔を極め過ぎて、もう全身から邪悪オーラを発してるじゃないですか」

「おい雫、人を勝手に魔王みたいに言うんじゃねぇ」

「カズ先輩は実は魔族出身だから、純粋な人間である俺には敵《かな》わない相手だよ」

雫の冗談に、晴翔も乗っかって言う。そんな彼の言葉に彼女も「なるほど、確かに」と無表情で納得した様に頷《うなず》く。

「おい晴翔。今日の組手は覚悟しとけよ？　あと雫も納得してんじゃねぇよ！」

「はいはい、そんな事はどうでもよくてですね」

凄《すご》む石蔵を雫は適当に受け流すと、その無表情を晴翔に向ける。

「ハル先輩、肩凝ってるんですか？」

「え？　あぁ、まぁちょっとだけな」

「じゃあ私が揉《も》み解《ほぐ》してあげます」

雫は両手を晴翔の前に突き出して、掌《てのひら》を開いたり閉じたりする。隣では石蔵が「どうでもいいってひでぇな」と文句を垂れ流しているが、完全に無視している。

「そこまで酷《ひど》くないから大丈夫だよ」

「いえ、このゴッドハンド雫にかかれば、ハル先輩は一瞬で気持ちよくなる事間違いなしです」

自信たっぷりに言う雫は、相変わらず掌をワキワキと動かしながら言葉を続ける。

「そして、ハル先輩は私無しじゃ生きていけなくなって、肩揉みが終わる頃《ころ》には、私に抱き付いて永遠の愛を叫ぶはずです」

「いや怖ぇよ！　どんな肩揉みだよ！　もう催眠術だろそれ！」

思わず突っ込みを入れてしまう晴翔に、雫は「まぁまぁ、取《と》り敢《あ》えずですから」と言って、彼の背後に回り込んで勝手に肩揉みを開始する。

「どうです？　気持ちいいですよね？」

「まぁ……気持ちいい」

「ふふ～ん」

晴翔の言葉に、雫は得意げに鼻を鳴らす。

「どうです？　もう私がいないと生きていけなくなりました？」

「あぁ、そうだな。雫がいないともう駄目だな」

雫の言葉に適当に返す晴翔。

思っていたよりも良い塩梅《あんばい》の彼女の肩揉みに、晴翔はその心地良さに軽く目を閉じる。

「ハル先輩」

「ん？」

「隙《すき》ありッ!!」

雫は突然、晴翔の肩を揉んでいた両手を彼の脇腹《わきばら》に移動させると、そのまますぐり始める。

「ちょッ!?　うひゃっ、し、雫！　やめっ、ひゃひゃひゃひゃ、やめろ!!」

「おりゃおりゃおりゃおりゃおりゃおりゃ」

実はくすぐりにはめっぽう弱い晴翔。その事を熟知している雫は、的確に彼の弱点を激しく攻め立てる。

晴翔は何とか雫を引き剝《は》がそうと暴《あば》れるが、彼女は背後からガッシリとホールドしてきている為、なかなか剝がす事が出来ない。

「ははは、か、カズ先輩！　うひゃ、た、たす、助けて、ははっはっはっは！」

「そりゃそりゃそりゃそりゃそりゃぁぁ」

「お前ら、本当に仲いいな」

石蔵は呆《あき》れたように、戯れている二人を見る。

雫のくすぐり攻撃はその後しばらく続き、やがて晴翔はその場に倒れ込んでしまった。

「ゴッドハンドの力、思い知りましたかハル先輩？」

雫は息も絶え絶えに倒れている晴翔を見降ろしながら「ふぅ〜」と額の汗を拭《ぬぐ》う様な仕草を見せる。その表情は、無表情であるにもかかわらず、まるで一仕事終えたかのように満足そうである。

「はぁ……はぁ……いきなり何すんだよ……」

対する晴翔は、数分間強制的に笑わされたおかげで、息が完全に上がってしまっている。

「乙女の純情を弄《もてあそ》んだ罰です」

「はぁ？　乙女の純情って、なんだよそれ？」

晴翔はヨロヨロとした足取りで立ち上がりながら、雫を軽く睨《にら》む。

「ふーんだ」

しかし、雫はそっぽを向いてしまう。

「なんだよ、まったく」

突然の謎《なぞ》行動に、首を捻《ひね》る晴翔。その隣で石蔵がしみじみと言葉を発する。

「それにしても大変だな」

「本当ですよ。てかカズ先輩もすぐに雫を止めてくださいよ」

晴翔は少し不服そうな表情を石蔵に向ける。

「いや、それじゃなくて、家事代行の方だよ。大変な家事を毎回毎回押し付けられて、嫌になんねぇのか？」

「え？　あぁ、いや。別に嫌とかは無いですね。自分で選んだバイトですし」

石蔵に言われて、晴翔は首を横に振る。

晴翔は今まで、東條家での家事代行を嫌だと思った事は一度もない。むしろ、自分が作ってくれた料理を美味《おい》しそうに食べてくれる東條家の人達の笑顔に、かなりのやりがいを感じている。

それに加え、彼が家事代行のアルバイトを楽しいと感じるもう一つの要因。それは、晴翔が通う学校で『学園のアイドル』と評されている少女の存在である。

家事代行を始めるまでは、これといった接点は無く、人柄がどんな人物かなど知る由も無く、また、晴翔自身もそこまで興味を持っていなかった。しかし、家事代行を通して彼女と接するうちに、学校で見る『学園のアイドル』とは違う一面を知って、その可愛《かわい》らしさや、いい意味で普通の女の子であるところに、次第に親しみの様なものを感じ始めていた。

「家事代行のバイトは、やって正解だったなって思ってますよ」

「おう、そうなのか。いいバイト見つけてよかったな」

晴翔は、東條家の人達とも良好な関係を築く事が出来ていると感じている。昨日の様に、綾香《あやか》との関係を揶揄《からか》われるのは、少し気まずいというか、恥ずかしい気持ちもあるが、それが不快という訳でもない。むしろ、少し心が弾んでしまっている節もある。

「ほんとに、いいバイトを見つけました」

自然と笑顔で答える晴翔に、今までそっぽを向いていた雫が再び晴翔に迫り来る。

「ハル先輩、もう一回くすぐっていいですか？」

「ダメに決まってるだろッ‼」

両手を掲げて襲い掛かろうとする雫を警戒して、晴翔は彼女から間合いを取る。

「なんでくすぐってくんだよ！」

「何となくイラッときたからです。ハル先輩は黙って私に倒される運命を受け入れてください」

「ふざけんな！　んな理不尽な理由があるか！」

晴翔は稽古《けいこ》が始まるまで、隙あらば背後に回り込もうとする雫を警戒する羽目になった。

※

　晴翔が東條家と結んだ家事代行の定期契約。その契約内容は週三日の一日三時間。

　この夏休み、勉強も進めつつお金を稼ぎたい晴翔にとっては、結構バランスのいい契約に満足していた。

「ふぅ～、風呂《ふろ》掃除完了」

　今日は郁恵《いくえ》の要望で風呂掃除をしている。

　カビは勿論《もちろん》の事、水垢《みずあか》や排水溝のぬめり、扉付近のパッキンに付着している埃《ほこり》。その全《すべ》てをことごとく掃除し倒した晴翔は、清潔という名の輝きを放っている風呂場に満足げな表情を浮かべる。

「さてと、次は洗面台の掃除を――うおっ⁉」

「きゃっ！　あ……ご、ごめんなさい！」

　風呂掃除を終え、次の洗面台の掃除に移ろうと振り返る晴翔は、いつの間にかすぐ後ろに立っていた綾香に驚いて少し大袈裟《おおげさ》に仰《の》け反《ぞ》る。

　先日の雫に散々な目にあわされた晴翔は、その場面がフラッシュバックして何時《いつ》もより少しだけオーバーリアクションになってしまう。

　対する綾香も、驚く晴翔に驚いた様で、ビクッと体を震わせている。

「……えと、何か要望がありますか？」

家事代行について、何か要望を伝えに来たと思った晴翔が尋ねる。しかし、綾香は視線を泳がせながら、もごもごとした口調でハッキリとは言わない。

「あ、え〜と……あのね？　その、大槻《おおつき》君に伝えたい事というか、聞きたい事というか……もしよければなんだけど……その……あのね？　え、えい……えい……」

「えい？」

「え、えい……えいが……A型⁉」

「へ？」

急に脈絡の感じられない単語を発する彼女に、晴翔は意味が分からずキョトンとする。そんな彼に、綾香は何やら必死に説明を始める。

「そ、そう！　大槻君の血液型ってA型なのかなぁって。ほら、掃除とかも凄く綺麗《きれい》で几帳面だし……」

「あぁ、血液型ですか」

綾香の早口の説明でようやく合点がいった晴翔が相槌《あいづち》を打つ。それに対して彼女も「うんうん」と何度も頷く。

「いいえ、自分の血液型はO型ですよ。今は仕事で掃除を行っているのでしっかりとやらせて貰《もら》っていますけど、自分の部屋の掃除なんかは結構適当ですよ」

「あ、そうなんだ。大槻君はO型だったたんだね」

笑みを浮かべながら「結構大雑把なところありますよ自分」と言う晴翔に、綾香はどこか嬉《うれ》しそうに、はにかんだ笑みを浮かべる。

「東條さんは？」

「え？」

「東條さんの血液型は何型なんですか？」

「あ、私はね。Ｂ型だよ」

「へぇ、そうだったんですね。なんか少し意外です」

綾香の血液型に晴翔は少し驚いた様な表情をする。

「そうかな？　大槻君は私の事、何型だと思ってたの？」

「そうですね……今まであまり関《かか》わりが無くて、東條さんはミステリアスな感じがしたので勝手にＡＢ型かなと。まぁ、完全な偏見ですけどね」

「私、そんなにミステリアスな感じある？」

晴翔の言葉に首を傾《かし》げながら尋ねる綾香。

「こうして関わる前は少し、ミステリアスというか、ちょっと……高嶺《たかね》の花、みたいな感じがありましたね」

「そうだったんだ……えと、今は？　今もそんな感じなのかな？」

晴翔の反応を窺《うかが》う様に、少し上目遣《うわめづか》いで尋ねる綾香。彼女のそんな様子を可愛らしく感じてしまう晴翔は、若干視線を逸《そ》らしながら答える。

「今はちょっと違いますね。今はその……いい意味で、普通の女の子だな、と。前よりも親近感が持てますよ」

「本当に⁉」

「え、えぇ」

嬉しそうに笑みを浮かべる綾香。晴翔は少し赤くなっているであろう自分の顔を誤魔化《ごまか》す為、横を向いて頬《ほお》を掻《か》く。

機嫌が良さそうな彼女の様子を見て、晴翔は今日東條家に来てからずっとタイミングを窺っていた話を切り出す。

「ところで、その……以前、ホームセンターで話をした動物園の話ですが」

「あ！　う、うん！」

動物園という単語に綾香は過剰に反応を示し、少し前屈みになって晴翔に頷きを返す。彼女が前屈みになった事で、若干二人の距離が縮まる。その距離感をあまり意識しない様に、晴翔は出来るだけ平常心を保って話を続ける。

「日程ですけど、来週の――」

「その事なんだけどね！　大槻君が良ければなんだけど――」

「大槻君～お風呂掃除は終わったかしらぁ？　あら？　綾香？」

晴翔の言葉に被《かぶ》せる様に綾香が何かを伝えようとする。しかし、言い終わる前に晴翔の様子を見に来た郁恵に遮《さえぎ》られてしまった。お互いにほんのりと顔が紅潮し気まずい雰囲気を漂わせる二人の様子に、郁恵はニマァと笑みを顔に広げた。

「あら？　あらあらあら？　私、お邪魔だったみたいね？　ごめんなさいねぇ～」

郁恵はニマニマとした笑みを顔に張り付けたまま「気にせずお若い二人でお楽しみくださいい～」と言いながら、洗面台の仕切りとなる扉をスゥ～とスライドさせて閉じようとする。

そんな母の行動を、娘はすかさず阻止する。

「ちょっとママ！　変な事言わないでよ！」

郁恵の手によって閉じかかっていた扉を綾香が再び全開に戻す。

「あら？　二人は密会をしていたんじゃないの？」

「そんな事するわけないでしょ⁉」

「確かにそうねぇ。密会するなら家じゃなくて外でするものね」

「そういう事じゃなくてッ‼」

「あの……お風呂場の掃除は終わって、これから洗面台の掃除をしようと思っています」

少し見慣れた母娘のコミュニケーションに、晴翔は遠慮がちに割り込む。

「ありがとう大槻君。助かるわぁ。あとね、申し訳ないんだけど、それが終わったら、おトイレの掃除も頼めるかしら？」

「はい、承りました」

「よろしくね。じゃあ綾香、私はいなくなるから大槻君との密会を再開してもいいわよ〜」

「だから！　違うってば！」

綾香が反論するも、郁恵は「はいはーい」と軽く受け流して去っていく。そんな母の背中を暫《しばら》く恨めしそうに睨む綾香は、完全に郁恵が去ったのを確認してから晴翔に顔を向ける。

「ごめんね大槻君。ママがいつも変な事言って」

「いえ、とても愉快なお母様で、綾香さんが羨《うらや》ましいですよ」

「えぇ〜そうなの？」

「そうですよ……母親って言うのは、その存在だけで有難いものですよ」

「……大槻君？」

母について話す晴翔。

その表情は儚《はかな》げで、どこか哀愁漂う雰囲気があった。そんな様子の彼に、綾香は思わず名前を呼ぶ。すると晴翔はハッと我に返る様な素振りを見せた後に、誤魔化す様に笑みを浮かべる。

「それに、郁恵さんに揶揄われて恥ずかしそうにしている東條さんは、見ていてとても可愛らしいですよ」

「かわッ⁉」

突然の不意打ちに、綾香は一気に耳まで赤くしてアワアワと視線を泳がせ、動揺した様子を見せる。

「は、恥ずかしそうにしてるところを可愛いと思うなんて……大槻君の意地悪……」

「いや、あ～……すみません」

もじもじと恥じらい、少し唇を窄《すぼ》めながら抗議する綾香。その可愛らしい仕草に晴翔は一瞬、彼女に吸い込まれそうになる様な魅力を感じてしまう。

「えと……それで、動物園の日程ですけど」

話を戻して平常心を保とうとする晴翔。そんな彼の言葉に、再び綾香は慌てた様に言葉を被せてくる。

「あ、そ、その話なんだけど！　明日って大槻君の予定空いてるかな？」

「え？　明日ですか？　そうですね、一応明日は一日勉強する予定だったので、特に出掛ける予定とかは無いです」

「そうなんだ、勉強かぁ……あの、ね。明日、外で会えないかな？　そこで動物園に行く日程を話し合わない？　それで……そのついでに、えと、え……映画とかも観れないかなぁ、なんて……思ったりしてて、ど、どうかな？」

明日は家事代行の予定が入っていない日で、晴翔としては一日全てを勉強に費やそうと考えていた。それを聞いた綾香は、自信無さげに晴翔を誘う。

「映画ですか？」

「う、うん……昨日、本当に偶然なんだけど、ちょうど友達から割引券を貰って……」

「そうなんですね。う～ん」

少し考える晴翔に、綾香は早口で言葉を並べていく。

「あ！　でも勉強も大事だもんね！　無理しなくていいよ！　ただ、ほら……家で動物園に行く話とかをママとかパパに聞かれたら、大変な事になっちゃうなぁって。だから、どこかカフェとかで話せたらいいかなぁって思って。でも、それだけの為に大槻君に付き合って貰うのも悪いから、せっかく友達から割引券も貰ったし、一緒に映画に行けたらなぁ……って。でも、勉強が忙しいんなら……無理には……その……」

綾香の声は段々と小さくなって、言葉に勢いが無くなっていく。しまいには完全に俯《うつむ》いて下を向いてしまった。

そんな彼女に晴翔は明るい口調で答える。

「いえ、俺も行きたいです。映画」

晴翔がそう言った途端、俯いていた綾香の顔がむくっと起き上がる。

「……本当に？」

「ええ、ただ今どんな映画が上映されてたかなぁって思っただけで」

「じゃあ、明日一緒に映画……行ける？」

「はい、行きましょう」

その言葉に、今まで不安そうだった綾香の表情は一変し、とても明るいものになった。彼女の表情を見て、晴翔は『華が咲く様に笑う』とはまさにこの事かと一瞬見惚《みほ》れてしまう。

「それじゃあ、えーっと、大槻君は何か観たい映画はある？」

「そうですね……ちょっと調べてもいいですか？」

晴翔は綾香に断ってからスマホを取り出して、今上映中の映画を調べる。そして、そのラインナップを見て、内心で『んぅ』と唸《うな》る。

正直、今上映されているもので「これが観たい！」と言える作品は無い。しかし、それをそのまま言う訳にはいかない晴翔は、綾香にも意見を聞いてみる。

「色々上映されてて悩みますね。東條さんが観たいものはありますか？」

晴翔が尋ねると、綾香はとてもワクワクした様子で答える。

「ね！　悩んじゃうよね！　でも、私はちょっとこれが気になるかな」

そう言って綾香は自身のスマホを操作して、その画面を見せてくれる。そこに映っていたのは、とある映画の広報ページだった。

「……夏空と恋」

晴翔がぽつりと映画のタイトルを呟《つぶや》く。

それは、今話題のイケメン若手俳優と人気急上昇中アイドルのダブル主演映画で、いわゆる

『青春胸キュン映画』と呼ばれるものだ。

若い女性を中心に『ナツコイ』と呼ばれ人気を博している映画で、夏上映の邦画ランキングでは上位に食い込んでいる。

「東條さんはこういうのが好きなんですか？」

学校での立ち居振る舞いを見てきた晴翔は、てっきり彼女は恋愛等には興味が無く、そういった類のものにはドライな感じなのかと思っていた。しかし、綾香も普通のロマンチックな恋を夢見る女子高生だという事なのだろう。

「どうかな？　大槻君はこういうの興味ないかな？」

期待と不安が混ざり合った表情を向けてくる綾香に、晴翔は柔らかく笑みを浮かべる。

「いえ、自分もこの映画観たいですよ。じゃあ、明日は二人でナツコイを観ましょうか？」

「本当に？　この映画でいいの？」

「はい、明日が楽しみですね」

念を押す様に確認する綾香に晴翔が笑みを返すと、彼女も溢《あふ》れんばかりの眩《まぶ》しい笑顔を浮かべる。

「うん！　楽しみッ‼」

そのあまりにも楽しそうな彼女の笑顔に、晴翔の心も釣られてウキウキしたような楽しい気分になってくる。

「それじゃあ、明日は駅ビル前に十時に待ち合わせとかにします？」

「うんうん！　そうだね！」

何度も嬉しそうに頷く綾香は「あっ」と何かを思い出したかのように、自分のスマホを晴翔の方に向ける。

「その……連絡先……交換しない？」

「あぁ、確かにそうですね」

待ち合わせをするとなると、お互いに連絡先を知っていた方がスムーズに行動できる。

「じゃあ、自分の画面を読み取って貰っていいですか？」

「うん」

晴翔はスマホに自分のトークアプリ情報を載せたＱＲコードを映し出し、それを綾香に見せる。

「読めた。じゃあ私からメッセージを送るね」

「はい、お願いします」

彼女の言葉のすぐ後に、シュポッという効果音が晴翔のスマホから聞こえてくる。彼が自分のスマホを見ると、綾香から『よろしくね！』と両手を上げてバンザイしているウサギのスタンプが送られてきている。

「俺の方も登録出来ました」

「うん……これからよろしくね」

「あ、はい。こちらこそ、よろしくお願いします」

「……それじゃあ、掃除の邪魔してごめんね」

僅《わず》かな気まずい沈黙の後、綾香は恥じらいながらも嬉しそうに小さく手を振って去って行った。

綾香がいなくなって、一人になった洗面台で晴翔はふと思う。

「ん？　連絡先を交換したんなら、それで動物園に行く日程を話し合えばいいのでは？」

綾香の話では、家族に話を聞かれるのが嫌だから、外で会おうという事だが、スマホでやり取りをすれば出掛ける必要は無くなるはずだ。

にもかかわらず、綾香は映画に誘ってきた。

「これは、東條さんがドジっ子なのか、それとも……」

晴翔の中に湧《わ》き上がる一つの予想。それを考えた瞬間、彼の鼓動は自然と速くなっていた。

※

東條家での家事代行を終え、家に帰宅した晴翔は居間のテーブルに参考書を広げて勉強に勤《いそ》しむ。

「晴翔や、まだ勉強するのかい？」

寝巻姿の祖母が、晴翔の前にお茶の入った湯呑《ゆのみ》を置きながら尋ねる。

「ありがとうばあちゃん。俺も遅くならないうちに寝るよ。明日は出掛ける用事があるから」

「あら？　そうなのかい？」

孫が珍しく遊びに行くという事に、祖母は少し嬉しそうな表情を浮かべる。

「うん、映画を観に行くよ」

「映画なんて珍しいねぇ。友哉《ともや》君と行くのかい？」

晴翔の親友である友哉は幼馴染《おさななじみ》でもある為、祖母もよく彼の事を知っている。

「いや、友哉じゃないよ。え〜と、同じクラスの子と観に行く事になってさ」

「おやおや、もしかして女の子とかい？」

「あ〜うん、そう」

若干恥ずかし気に晴翔は言うと、その恥じらいを誤魔化す様に湯呑に口を付ける。

「そうかいそうかい。それじゃ、明日はデートだね」

「ぶふッ！　で、デート？」

祖母の言葉に、晴翔は思わず飲みかけていたお茶を吹き出してしまう。

「ばあちゃん違うよ。デートじゃないよ。その子とはちょっと話さないといけない事があって、そのついでに映画を観に行こうってだけで――」

「晴翔」

「は、はい」

祖母は孫の話の途中で、名前を呼びそれを遮る、小さい頃からの癖《くせ》で、晴翔は反射的に背筋を伸ばして返事をする。

「いいかい晴翔。女性と二人で外で会うという事は、それはデートだよ？　たとえ女性側がそう思っていなくても、男はデートだと思って、精一杯のエスコートをしなくちゃ駄目なのさ。それが女性に対する礼儀、紳士の振る舞いというものだよ。分かったかい？」

「うん」

晴翔が素直に返事を返すと、祖母は満足げに頷く。

「女性というのはね、男性と出掛ける時は、それ相応の手間暇をかけてるんだ。だからね、男性はその労力を汲《く》み取って、褒めてあげて労《いた》わってあげて、優しくしないと駄目だよ？　そして、それは誇る事無く、誇示するものでも無く、平然とやるものだよ」

「うん、分かったよばあちゃん。明日は相手に失礼のないように精一杯、その……デートしてくるよ」

「うんうん、頑張りなさい」

祖母は穏やかな笑みを浮かべながら「おやすみ」と言って居間から出ていく。

一人残った晴翔は、いましがた祖母から言われた言葉を考える。

「確かに、女性に対する礼儀として、しっかりとエスコートするのは男として当たり前か」

祖母の考え方は、今の時代では少し古臭いのかもしれない。だが、幼少期から『女性に対しては優しくしなさい』と言われ続けた晴翔は、明日はしっかりと綾香をエスコートしないといけないと思い直し、一旦《いったん》勉強を切り上げる。

「映画を観た後のカフェとかを調べとかないとな……」

いつも友哉なんかと遊びに行く時なんかは、とくにプランなど決めず無計画にあちこち寄ったりしていたが、さすがに綾香相手にそんな事をする訳にはいかない。しっかりと事前にお店などを調べておく必要がある。

明日の事について晴翔が色々と調べていると、連絡アプリの通知がスマホ画面の上部に表示される。

「お、東條さんからだ」

晴翔はアプリを開き、トークを確認する。

――まだ起きてるかな？

そんなメッセージと共に、壁からチラッと顔を出して様子を窺うウサギのスタンプが送られてくる。時刻は夜の九時前。祖母はもう布団《ふとん》に入ってしまったが、若い晴翔にとって寝るにはまだ早い。

――はい、起きてますよ

返信と一緒に、晴翔は闘志を燃やすクマのスタンプを送る。
——明日楽しみだね！　楽しみ過ぎて夜寝れるか心配……
——自分も楽しみ過ぎて夜しか寝れません
——それ普通だから!!
晴翔が冗談を送ると、綾香からは突っ込みと共に『なんでやねんッ！』とクマに激しい突っ込みを入れるウサギのスタンプが送られてきた。
それを見て、晴翔は「ふふ」と小さく笑みを溢《こぼ》す。
——明日は宜《よろ》しくお願いします
——うん！　私の方こそ宜しくね!!
送られてくるメッセージの内容に、スマホの向こう側で綾香が満面の笑みを浮かべている気がして、晴翔も自然と笑顔になる。
——明日は絶対に遅刻できないので、早めに寝ましょうか
——うん、そうだね
——眠れそうですか？
——頑張るッ!!
——それじゃあ、おやすみなさい
——おやすみなさい。また明日ね

綾香からの返信。その最後の『また明日ね』の文末にハートマークが付いていて、晴翔は思わずドキッと胸が高鳴る。

「落ち着け俺。これにそんな深い意味は無い」

女性は可愛いからという理由で、頻繁にハートマークを付ける人もいるという。勿論、そのマーク自体には何も意味が無い。ただ可愛いから付けているだけ。

きっと綾香から送られてきたメッセージに付いているハートマークも、それと同じような意味合いだろう。特別な意味は何もないはずだ。

晴翔は暫くは収まりそうにない胸の高鳴りを鎮める様に、そっと胸に手を当てた。

※

翌日、晴翔はいつもより進まなかった早朝勉強を終えると、シャワーを浴び服を着替え、普段はあまり使用しない整髪料で髪型を整える。最後に姿見鏡で全身をチェックする。

「うん、変なところは無いな」

晴翔は身嗜《みだしな》みチェックをして頷く。

女性をエスコートする者として、清潔感ある身嗜みは最低限のマナーである。祖母からの教えを忠実に守る晴翔は、支度《したく》を整えて玄関に向かう。

「ばあちゃん、行ってくるよ」

「はいはい、気を付けるんだよ」

「うん」

祖母に見送りをされ、晴翔は綾香との待ち合わせ場所である駅ビルへと向かう。晴翔の住む街から駅ビルのある所まで行くには、電車で二十分程度かかる。

ここ数日、まるで晴れ以外の天気が忘れ去られたかの様に快晴の日々が続いている。そんな連日の猛暑にウンザリとしながら、晴翔は冷房の効いた電車内から出て、綾香との待ち合わせ場所に向かう。

「うーん、待ち合わせよりも二十分くらい早く着いちゃったな」

時間に余裕を持って家を出たのだが、どうやら余裕を持ち過ぎたようだ。そんな事を思いながら、晴翔は駅ビル前の広場に向かう。その広場にはベンチや大きなオブジェが設置されていたりして、よく待ち合わせに利用されている。

今日も複数の人達が誰《だれ》かとの待ち合わせの為に、ベンチに座っていたりオブジェに寄り掛かりながらスマホを弄《いじ》っていた。

そんな広場の一角が何やらザワついている事に晴翔は気付く。

「ん？　なんかやってんのかな？」

たまにこの広場では、大道芸人なんかが芸を披露していたりする。

待ち合わせ時間まで暇なので、大道芸でも観て時間を潰《つぶ》そうとザワついている場所に近付く晴翔。そんな彼の耳に周りの人達、特に男性の話し声が聞こえてくる。

「おい、あれヤバくね？　芸能人じゃね？」

「彼氏待ちかな？　ワンちゃん声掛けてみる？」

「一般人な訳ないよね？　モデル？　アイドル？」

「てかあの子のスタイル、エグくね？」

ザワザワと聞こえてくる会話の内容に晴翔は首を傾げる。どうやら大道芸を見ている感じではなさそうだ。もしかしたら、ドラマか雑誌の撮影でモデルかアイドル的な人がいて、それに野次馬が集まっている感じなのかもしれない。

どうせだったら自分もちょこっと見てみようかなと、晴翔も野次馬根性を発揮して人混みを軽く掻《か》き分けて皆が注目しているアイドルだかモデルだかを見ようとする。

そして、注目されている人物が晴翔の目にも映る。

途端、彼は今まで感じていた夏の暑さが一瞬で吹き飛んでしまった。

「東條さんッ⁉」

思わず口に出して言ってしまう晴翔。近くにいた複数の人が、怪訝《けげん》な表情で彼を見てくる。

綾香は自分に視線が集まっている事を自覚しているのか、少し居心地が悪そうに俯きながらジッと立っていた。

彼女の服装は、下は黒のフレアスカート。上は白のオフショルダーで、その上から薄手のカーディガンを羽織っている。オフショルダーはそこまで露出の広いものではなく、結構控えめなデザインで、カーディガンも羽織っている為上品な出で立ちとなっている。

しかし、彼女のスタイルの良さはそれでも男性の視線を引き寄せてしまうようで、綾香の美貌と合わさって、通りすがりの男性までもが一度や二度はチラッと視線を向けている。

改めて晴翔は『学園のアイドル』である東條綾香の凄《すさ》まじさを痛感した。

いま彼女に声を掛けようものなら、嫉妬《しっと》に燃える群衆に袋叩《ふくろだた》きにされそうだと若干恐怖する晴翔。だが、このまま綾香に声を掛けない訳にもいかない。ここは、覚悟を決めていかなければと、気合いを入れたその時、ふと顔を上げた綾香と視線が合った。

瞬間、居心地が悪く不安そうだった彼女の表情が一瞬にして満面の笑みに変わる。

「大槻君！」

綾香のまるで太陽の様な笑顔に、複数人の男性からは溜息《ためいき》が漏《も》れ、数人は呆然《ぼうぜん》と口を開けている。そして、かなりの数の人達が、彼女に笑顔を向けられている晴翔を凝視した。

そんな視線を一身に受けながら、自分のもとへ半分駆ける様な早歩きで寄ってくる綾香に、晴翔は笑みを向ける。

「すみません東條さん。待たせちゃいましたね」

「ううん！　私も今来たところだから大丈夫だよ！」

彼女の周りに形成されていた人だかりからして「今来た」は恐らく嘘《うそ》なのだろうけど、そこに突っ込むような野暮《やぼ》な事はしない。

晴翔は笑みを浮かべたまま言う。

「それじゃ、行きましょうか」

「うん！」

とても楽しそうに返事をしてくれる綾香。そんな彼女の隣を歩く晴翔は、嫉妬やら羨望《せんぼう》やら色々な視線を感じながら、今日は凄く大変な一日になりそうだなと予感する。

だが、そんな事を思いながらも晴翔の鼓動は少し高鳴っていた。しかし、その高鳴りを表情に出さない様に平常心を意識しながら駅ビルへと向かう。

「今日の映画楽しみだね」

隣では綾香が弾むような足取りで歩きながら、微笑《ほほえ》みかけてくる。

「そうですね。自分も楽しみです」

ニコニコと魅力的な笑みを浮かべている彼女を眩しく感じる晴翔は、少し間を空けた後に意を決して口を開く。

「今日の東條さんは、その……とても素敵ですね」

「ッ⁉　そ、そうかな？」

今日の綾香は明らかに外向け用の服装をしている。

今日の為にしっかりとお洒落《しゃれ》をして来てくれた彼女に対する礼儀として、晴翔はずっと褒めないといけないと思っていたのだが、思春期男子がそれを言葉にするのはなかなか恥ずかしく、今になってようやく言える事が出来た。

そんな晴翔の言葉に、綾香はビクッと肩を揺らすと恥ずかしそうに彼を見る。

「ええ、今日の東條さんは大人の女性の様な雰囲気の中に、可愛らしさも感じられて、あの……とても、魅力的だと思います」

晴翔はそう言いながら、自分の顔が赤くなるのを感じる。

出来る事ならもっとスマートにサラッと綾香を褒めたいところだったが、やはり恥ずかしさが勝って思う様には言えず少し言葉が詰まってしまう。

「う、うん……ありがと……」

対する綾香は、顔を俯かせながら小さな声でお礼を述べる。

晴翔は彼女の反応から、さっきの自分の言葉はキザだったろうか？　気持ち悪かったもかもしれない、などとウジウジと考えてしまう。

昨夜、祖母から言われた紳士の振る舞いがしっかりと出来ているのか、不安な気持ちが晴翔の心の中にジワジワと広がっていく。そこに、俯いていた綾香がおもむろに顔を上げて晴翔を見る。

「その……今日の大槻君も、カッコいいよ」

恥じらいながら上目遣いで言う綾香。その破壊力たるや晴翔のウジウジとした思考を一瞬で吹き飛ばしてしまった。

「大槻君はもともとだけど、今日はもっと、その……大人っぽいなぁって……」

照れながらもそう言ってくれる綾香に、晴翔は自分の胸が高鳴るのを感じた。それと同時に、学校の男子達がこぞって彼女に告白する理由も理解する。

なぜ綾香が『学園のアイドル』と呼ばれる程に人気なのか。その魅力の片鱗《へんりん》を垣間見た気がした。

晴翔と綾香は、お互いの事を褒め合い二人して赤面しながら、駅ビル最上階の映画フロアに到着する。他のフロアに比べて少し暗めの照明に、映画館独特のキャラメルの様な香りが二人の鼻腔《びこう》をくすぐる。

二人はあらかじめ予約しておいたチケットを券売機から購入した後、誘惑的な甘い匂《にお》いを漂わせているポップコーン売り場の方を見る。

「東條さんは映画を観る時、ポップコーンとか飲み物は買う派ですか？」

「その時々かな？　そんなに沢山は食べられないから友達とシェアする事が多いかも」

「それじゃあ、今回もそうしますか？」

「うん、そうだね」

「分かりました。では、自分が買ってくるので少し待っててください」

注文カウンター付近は人で混雑していた為、晴翔は綾香に待っていてもらい一人列に並ぶ。夏休みシーズンだからなのか結構人が多く、カウンターの前には注文待ちの列が三つほど出来ていた。

「これは少し時間が掛かるな」

そんな事を呟きながら、晴翔は真ん中の列の最後尾に並ぶ。

「まぁ、時間に余裕はあるしな」

予定の時刻よりも早く待ち合わせした為、上映時間までは十分に時間がある。晴翔はゆっくりと進む列に並びながら、軽く息を吐き出す。

綾香と離れたお陰で、先程までずっと浴びていた視線を感じなくなり、一息つく事が出来た。

「東條さんは出掛ける度にこんな視線に晒《さら》されてるのか。これはしんどいなぁ」

綾香に同情しながら、晴翔は彼女が待っている方になんとなしに視線を向ける。するとそこには、大学生くらいの男三人に声を掛けられて、困ったような表情を浮かべている綾香の姿があった。

その姿を捉《とら》えた晴翔は、あともう少しで注文できそうだった列から外れて、急いで綾香のもとに戻る。

「あの、すみません」

少し大きな声で晴翔が呼び掛けると、男三人は彼の存在に気が付き顔を向ける。

「ありゃ？　もしかして彼氏いた感じ？」

明るめの茶髪に、沢山のピアスを付けている男が、少し驚いた感じで晴翔を見る。

「そっかデート中だったのか。悪い事したね。ゴメンね～」

同じく茶髪にピアスをしたもう一人の男が、綾香に対して軽く手を上げて謝罪する。

「あ、いえ。その、大丈夫です」

綾香はそう言いながら、戻って来てくれた晴翔の近くにスススッと擦《す》り寄る。それを見ていた三人目の男。派手な赤髪で、瞼《まぶた》と唇にピアスを開けている男がニカッと笑みを浮かべてテンション高めに言う。

「え⁉　これ本当にカレシなん⁉　ただの友達じゃん⁉　それならさ、俺ら含めた五人で遊ばね？　カラオケとかダーツとかやろうや！」

「いえ、俺達はこれから映画を観る予定なので」

少し強引《ごういん》な感じの赤髪男に、晴翔は毅然《きぜん》とした態度を見せる。しかし、赤髪男は全く引き下がる気配を見せず、相変わらず笑みを浮かべたままである。

「そうなん？　いや全然待つ待つ！　何なら俺らも一緒に映画観よっか！　なぁ？」

赤髪男が残り二人にそう言うと、先程綾香に謝罪した茶髪男が苦笑を浮かべる。

「お前ウザ絡《から》みすんなって。この子達可哀想《かわいそう》じゃん。せっかくのデートなのによ」

「え？　ガチでデートなん？　違うっしょ？　ただの友達っしょ？　ねぇ？」

　赤髪男は、晴翔の後ろに半ば隠れる様にしている綾香を覗《のぞ》き込むようにしながら問いかけてくる。そんな男の行動に若干のイラつきを覚えた晴翔が、一言言い返してやろうと口を開きかけた時、背後にいた綾香が晴翔よりも早く言葉を発する。

「彼氏ですッ‼　わ、私達付き合ってて！　そ、それで……その、で、デート中なので！　えと、お引き取りを……」

　語尾が小さくなってしまう綾香の後を晴翔が引き継ぐ。

「……と言う事なので、これ以上俺達のデートの邪魔はやめてもらえます？」

　一瞬、彼女の発言に晴翔の思考は停止してしまった。しかし、すぐに気を取り直して赤髪男を牽制《けんせい》する様に言う。

「そうなん？　マジ？　じゃあさ、お詫《わ》びさせて？　ガチお詫び。ねぇ？　お詫びならいいっしょ？」

　ここまで言っても尚《なお》、食い下がろうとする赤髪男は晴翔の後ろにいる綾香に手を伸ばそうとする。

　その瞬間、晴翔は男の腕を遮る様に横に半歩移動して、その背中に綾香を完全に隠す。それと同時に鋭い目つきで赤髪男を睨《にら》み付ける。

「迷惑です。やめてください」

　一段低い声で、静かに告げる晴翔は、空手の組手の様な闘志を宿した眼差《まなざ》しで赤髪男を見る。

「な、何なん？　ちょっと誘っただけじゃん？」

晴翔のまとう雰囲気に、さすがの赤髪男もたじろぐ。そこに他の茶髪男二人が止めに入る。

「お前マジやめろって！　可哀想だろうが！　ほらもう行くぞ！」

「いや本当ゴメンね～、デート楽しんでね～」

「ちょいちょい！　やめろって！　引っ張んなって！」

そんな事を言いながら、男三人は騒々しく晴翔達のもとから去って行った。それを見て、晴翔も若干空手モードになっていた気持ちを息と共に吐き出す。

「ふぅ……なかなか強引な人でしたね」

「う、うん。ちょっと怖かったかも。大槻君が戻って来てくれて良かった……」

「いえ、東條さんを一人にした自分のミスです。東條さんだったらナンパされるって予想できたはずなのに、すみません」

そう言って頭を下げる晴翔に、綾香は慌てて首を振る。

「ううん！　大槻君は悪くないよ！　それに、私こそゴメン。大槻君を……その……彼氏って、言っちゃって」

下を向き申し訳なさそうに言う綾香に、晴翔は笑みを浮かべて答える。

「いえ、さっきの人は結構強引でしたから、あれくらい言わないと引き下がらなかったですよ」

あの赤髪男の様な人間には、少し大袈裟なくらいハッキリと物事を言わないと、こちらの意図は伝わらない。

「うん、えと……大槻君は、嫌じゃなかった？　その、私と付き合ってるって言われて……」

「嫌な訳ないですよ。むしろ嬉しいくらいです」

「本当ッ⁉」

晴翔の言葉に、不安そうだった綾香の表情が一変して明るいものになる。

「本当ですよ。自分で良ければ存分に男除《よ》けに使ってください」

「じゃ、じゃあ……あのね……え～と……いや、やっぱり、いいや」

何かを言い掛け途中で止める綾香に、晴翔は首を傾げる。

「何ですか？　何かあるなら遠慮なく言ってください」

「……いいの？」

「勿論です」

「……じゃあね。その……手……繋《つな》ぐ？」

耳まで真《ま》っ赤《か》に染めながら、綾香は消え入りそうな声で言う。

「手、ですか？」

思わず聞き返してしまった晴翔に、綾香はチョコンと小さく頷く。

「大槻君が嫌じゃなければ、だけど……その方が恋人っぽく見えるかなって。そうしたらさっきみたいな事も、もう起こらないだろうし……」

「あぁ……な、なるほど」

彼女が言う事も一理ある。

手を繋ぎながら行動していれば、傍《はた》から見ればそれはもう確実に恋人関係である事は一目瞭然《いちもくりょうぜん》だろう。そこに、先程の様なナンパを敢行しようとする様な輩《やから》はいないはずだ。

「東條さんは、いいんですか？」

「私は……うん」

頷いた後、綾香はまるで小さな水滴が水溜まりに落ちるかの様な極小の声で「大槻君となら」と付け加える。

「そうですか……なら、繋ぎましょうか、手」

「う、うん」

綾香の返事を聞いた晴翔は、少しぎこちなく片手を差し出す。

対する綾香も手を差し出してくる。

晴翔は白くほっそりとした綾香の手に、慎重に自分の手を伸ばす。やがてお互いの手が軽くチョンと触れ合うと、二人はビクッと肩を揺らし、せっかく近づけた手を離してしまう。

「…………」

「…………」

二人は無言のまま視線を合わせた後、無言のまま再び視線を逸らす。

晴翔は覚悟を決め、サッと手を伸ばして綾香の手を握る。握った瞬間、綾香の肩が先程の様にビクッと動いたが、今度は手を離す事無く握った晴翔の手を軽く握り返す。

「……………あ、ポップコーン、買います？」

綾香の手を握った直後、晴翔はポップコーンを買う途中だった事を思い出す。

晴翔は繋いだ綾香の手を見ながら言う。相変わらず注文カウンター周りは混雑していて、さすがに手を繋いだまま列に並ぶのは他の人の迷惑になりそうな状況である。

「……大丈夫。手……離したく……ないから」

相変わらず消え入りそうな声で答える綾香。

今の彼女は、これまでで一番顔が赤くなってしまっている。

「そう……ですか」

同じく自分の顔も赤くなっているだろうと思いながら、晴翔は繋いだ綾香の手を優しく引く。

「それじゃあ……映画、観に行きましょうか」

「……うん」

素直に晴翔に手を引かれ付いてくる綾香。

そんな可愛らしい彼女に、晴翔は周りから向けられる嫉妬の視線など、最早《もはや》どうでもよく感じてしまっていた。

二人はそのまま手を繋いで上映されるシアターに入る。晴翔は手を繋いでいない方の手でチケットに書かれている座席番号を確認しながら、自分達の席まで向かう。

上映開始時間よりも結構早くシアター内に入った為、他の人も少なく二人は手を離す事無く二つ並んだ席の前まで来る事が出来た。

「この席ですね」

「うん」

手を繋いでからというもの、綾香はずっとしおらしい態度で、発する言葉も短く声も小さい。

「じゃあ、座りますか」

「うん」

晴翔は座面が畳まれている椅子《いす》を倒す為、一旦綾香と繋いでいる手を離そうとする。その際、彼女の方から名残惜しいかのようにキュッと握られる。

まるで『離さないで』と言うかのように。

しかし、それは一瞬の事だった為に、晴翔はそのまま手を離してしまった。

二人は無言で椅子に腰を下ろす。先程、手を離す間際の彼女の行動に、晴翔は何となく落ち着かない気持ちになりながら、ひじ掛けに手を置いた。

すると、彼の手の甲が柔らかく温かい感触に包まれる。

思わず自身の手に視線を落とす晴翔。そこには、遠慮がちに手を重ねてくる綾香の白くて小さな手があった。そのまま目を上げると、視線から逃れる様に俯く彼女が視界に映る。

つまりこれは、また手を繋ぎたいという事なのだろうか？　と、晴翔は綾香の意図を想像し、試しに自分の手を返して、彼女と掌を合わせてみる。するとすぐに、綾香からギュッと晴翔の手が握られる。

晴翔は、いま綾香がどんな表情をしているのかとても気になり、そっと彼女の表情を窺う。すると、恥ずかしそうにしながらも、嬉しそうに小さく笑う綾香と目が合ってしまった。

そのあまりの可憐な表情に、晴翔はずっと眺めていたいという衝動に駆られる。しかし、綾香は目が合った事による気恥ずかしさから、サッとその顔をスクリーンへと向けてしまった。

目の前の大きなスクリーンには、まだ何も映ってはいない。

だが、綾香はそんな真っ白なスクリーンをまるで既に映画が上映されているかの様に、食い入るようにジッと見詰めている。

「まだ、結構時間ありますね」

「……うん」

「予告すら始まらないですね」

「……うん」

「人、ちょっと増えてきましたね」

「……うん」

「…………」

「…………」

全く続かない会話に、晴翔は何か話題は無いかとキョロキョロと視線を巡らす。

そこに、相変わらず小さな声で綾香が言う。

「……きょ、今日は凄くいい天気だね」

「え？　あ、あぁ、そうですね。快晴でしたもんね」

「うん……快晴、だもんね」

「はい……えと……」

止まる会話。そもそも、窓が一切無く薄暗いシアター内で天気の話をしている事こそが、話題が枯渇している証拠である。

「……もうすぐ予告が始まりますかね？」

「……始まりそうだね……」

最初に比べて人が増えてきたシアター内。晴翔は一向に続かない会話に、若干焦《あせ》りを募らせつつも、ここは敢えてどっしりと構え、逆に余裕のある態度で乗り切ろうとする。

「…………」

「…………」

二人の間に流れる無言の時間。

その無言のせいで、晴翔は綾香と繋いでいる手を殊更《ことさら》に意識してしまう。白くほっそりとした掌は、手を握った時は少しヒンヤリとしていたが、今はほんのりと温かい。

晴翔が通う学校で一番可愛いと評判の『学園のアイドル』である東條綾香。その本人と、映画館で隣同士に座り手を繋いでいるという状況に、晴翔は自分の鼓動が否応なしに速まるのを感じていた。

左手から伝わる彼女の温《ぬく》もりで、一杯一杯になってしまいそうな思考の中、晴翔は思う。男除けで手を繋ぐのは理解が出来る。だが、映画を観ている最中は手を繋ぐ必要はないのではと。しかし、綾香から手を離す気が無い様に感じられる今の状況に、晴翔の脳内では、都合の良い解釈が思い浮かぶ。

彼は横目で綾香の様子を窺う。相変わらず、彼女は頬を染めたままスクリーンを見つめている。そんな綾香の横顔を見て、晴翔は考えを改める。

晴翔が綾香と関わるようになったのは、ごく最近の話である。その間に彼女から好意を寄せられるよう様な出来事も行動もしていないと、彼は小さく首を横に振った。

嫌われてはいない、しかし、好かれるような事も無い。

晴翔は努《つと》めて冷静に考え、自分にとって都合の良い解釈を掻き消す。

そんな事を横目で彼女を見ながら考えていると、不意にスクリーンに向いていた綾香の視線が晴翔の方に向き、バッチリと目が合ってしまった。

「ッ⁉」

「はぅ⁉」

晴翔は慌てて視線を前に向け、綾香は俯く。再度気まずい空気が二人の間に流れようとしたところで、ちょうどタイミングよくシアター内の照明が一段階暗くなり、スクリーンには広告が映し出される。

「広告、始まりましたね」

「うん、始まったね」

相変わらず短い会話だが、目の前で映像が流れている事で少しは気まずさが紛れる。

晴翔は、キレのあるダンスで映画の盗撮防止を訴えるカメラをぼーっと眺めながら、綾香の反応について考える。

先程の彼女の反応を見ていると、やはりどこかで期待してしまう。しかし、それが勘違いかも知れないという思いも強くある。

まだ、学校での綾香の印象が強く残っている晴翔は、彼女は一目惚れ《ひとめぼ》等には縁のない人物という印象が強い。

広告が終わって、近日公開予定の映画予告を何となく眺めながら、そんな事で悩んでいると、やがてシアター内は完全に暗くなる。スクリーンには岩に打ち付ける荒波から三角形の映画製作会社のロゴが飛び出してきた。

「始まりますね」

「うん……楽しみだね」

「ですね」

そんな短い会話の後、映画が始まる。

イケメン若手俳優演じる男子高校生と、人気急上昇中アイドル演じる女子高生。この二人が夏休み前の高校で、何気ない日常を送っている描写から映画は始まる。

晴翔は続かない会話と、気まずい沈黙から解放されてひとまずホッとする。しかし、それも束の間。また違う問題が晴翔を悩ませた。

二人が観ている映画は、いわゆる『青春胸キュン映画』と呼ばれるものだ。なので映画の随所に『頭ポンポン』や『バックハグ』『腕クイ』『顎《あご》クイ』などといった胸キュン仕草がふんだんに盛り込まれている。

そのシーンが訪れる度に綾香は「はぁ」やら「ほぅ」やらと吐息を漏らし、キラキラと輝く瞳《ひとみ》でスクリーンを食い入る様に見つめる。

それだけなら、晴翔にとっては問題が無かった。『東條さんって結構、いや、かなり乙女なんだな』と心で思って終わりだった。

しかし、いま二人は手を繋いでいる。

そして、おそらく無意識に彼女は、吐息を漏らすのと同時に晴翔の掌をキュッと軽く握ってくるのだ。晴翔は綾香に掌を握られる度にドキッと鼓動を速め、横目に彼女の表情を窺い、映画に魅了され表情を輝かせているその横顔に見惚れてしまう。

そんな事を繰り返していたら、最早映画の内容など一切《いっさい》頭に入って来ない。

そんな感じで時間は過ぎ、映画もそろそろ中盤に差し掛かった頃。相変わらずキュッ、キュッと無意識に容赦なく手を握ってきて、晴翔の心臓に負担を掛け続けている綾香。そんな彼女に対して、晴翔は対抗意識を抱き始めていた。

元来より負けず嫌いなところが少なからずある彼は、一方的に綾香にドキドキさせられている状況に甘んじる事を良しとしなかった。今の状況が嫌という訳ではないが、やはり、やられっぱなしというのは晴翔の性分には合わない。

晴翔はジッとその時が来るのを待ち構える。

頭の中から邪念を振り払い、高鳴っている鼓動を必死に落ち着かせる。

スクリーンに視線を集中させタイミングを計る。

やがて、主人公とヒロインの二人が誰もいない教室で、カーテンの中に包まりキスをするシーンがやって来た。

そのシーンを見た瞬間、晴翔は『いまだッ！』と身構える。

彼の予想通り、このシーンで隣からは「あぁ」と吐息が聞こえてくるのと同時に掌がキュッと握られる。その瞬間、晴翔も綾香の掌をキュッと握り返す。

「――ッ⁉」

同時に隣からは、声にならない小さな悲鳴が聞こえてきた。

晴翔が視線を横に向け、綾香の様子を見てみる。彼女は驚きで二重のつぶらな瞳をこれでもかという程に見開き、硬直した状態でスクリーンを凝視していた。

もしかしたら、先程のシーンに感動し過ぎただけかもしれない。

そう思った晴翔は、更に何度か綾香の掌をギュッギュッと握り締めてみる。すると、まるで『ぷしゅ〜』という様な効果音が聞こえてきそうな感じで、綾香はスクリーンから視線を外して俯いてしまう。

予想以上に綾香の反応が大きい事に、晴翔は『あれ？　ちょっとやり過ぎたかな？』と少し戸惑い、彼女の掌を握るのを一旦止める。

すると、俯いていた綾香がそのまま上目遣いで晴翔を見詰めてくる。

「……うぅ……」

何かを抗議する様な。

それでいて、何かを求めている様な。

スクリーンの明かりしか無く、うっすらと照らし出される綾香の表情は、どこか幻想的で魅惑的で、晴翔は思わず彼女のそんな表情に見入ってしまった。

そこに、今まで無意識に握られていた時よりも明らかに強い力で晴翔の手がギュッと握られた。綾香に上目遣いで見詰められたまま強く握られた掌に、今度は晴翔が『ボフン！』と効果音が出そうな勢いで顔を赤らめる。晴翔は自分の表情が見られない様に、慌てて顔をスクリーンの方に向ける。

ものの見事に返り討ちにあった晴翔。

そんな彼の耳に「ふふっ」と微《かす》かに綾香の微笑みが聞こえてきた。その彼女の勝利宣言に、晴翔は素直に敗北を認める。負けず嫌いの晴翔であるが、今回の敗北は不思議と嫌な感じは全くしなかった。

その後二人は、大人しく手を繋いだまま映画を観る。

既に晴翔は、この映画の内容に全くついていけていない。しかし、また綾香に返り討ちにあわない為にも、晴翔は黙ってスクリーンを見詰める。

やがて映画はラストシーンを迎える。

どの様な経緯かは全く分からないが、無事に結ばれた主人公とヒロインの二人は、夕陽《ゆうひ》に照らされた河川敷をゆっくりと歩いていく。最後、そんな二人の繋がれた手。指と指を絡めた『恋人繋ぎ』をアップにしたカメラアングルで、映画は締めくくられた。

エンディングが流れ、スクリーンには映画の主題歌と共にエンドロールが映し出される。観客の中には、既に席を立ち出口に向かう人もちらほらと出始める。

綾香は最後まで見るタイプなのか。晴翔はそう思い彼女の方に視線を向ける。すると、彼女はエンドロールが流れるスクリーンを見たまま、何やら掌をモゾモゾと動かし始めた。

晴翔は彼女が手を離したいのだと思い、自分の掌を開く。

二人が手を繋いだのは映画を観る前。つまり二時間以上は手を繋いでいた事になる。自分の手汗とかも気になっていた晴翔は、この隙《すき》に手を拭《ふ》いておこうと掌を引っ込めようとする。がしかし、それは叶《かな》わなかった。

綾香は晴翔の掌から自分の掌を引くことはせず、逆に指を絡ませると、ギュッと再度握って来た。

晴翔と綾香の掌が再び合わさる。今度は先程の握手の様な繋ぎ方ではなく、指と指が絡まった『恋人繋ぎ』にアップグレードされている。

「あの……東條さん？」

堪《たま》らず彼女の名前を呼び掛ける晴翔。

「……大槻君はエンドロール、最後まで観る派？」

「え？　あ、はい」

恋人繋ぎには一切触れない綾香に、晴翔は戸惑う。そんな彼に綾香は、やはり視線を逸らしたまま、恥ずかし気に言う。

「じゃあ……最後まで……一緒に観よ？」

可愛らしくお願いしてくる綾香に、晴翔の答えは一つしか無かった。

画になりそうだった。

「ええ、もちろん」

今日観た映画は晴翔にとって、内容が一切分からない、しかし一生忘れられない、そんな映画になりそうだった。

※

映画を観終わった二人は、映画フロアの一つ下の階にあるカフェへとやって来た。

昨日の夜のうちに晴翔が調べていたカフェで、窓から街の景色を一望できるお洒落な雰囲気の店だ。

窓際の席に案内され、高層階からの眺めに喜ぶ綾香に、晴翔も自然と笑顔になる。

「わぁ、景色綺麗だね！」

「喜んでもらえて良かったです」

自分の店のチョイスが間違いではなかった事に、晴翔はほっとする。

「お店調べてくれて、ありがとう」

「いえ……」

魅力的な笑みを惜しみも無く向けてくる綾香。晴翔は照れてしまっているのを隠す様に、メニュー表を自分の顔の前に広げる。

「えーと、自分はアイスコーヒーを頼もうと思ってるんですけど、東條さんはどうします？」

「私はアイスカフェオレにしようかな」

「分かりました。他を何か頼みます？」

「ううん、大丈夫」

「分かりました」

注文が決まったところで、晴翔はウェイトレスを呼ぶ。

自分と綾香の注文を伝えると、晴翔は軽く水を飲む。そんな彼に綾香が言う。

「映画、大槻君はどうだった？　面白《おもしろ》かったかな？」

「え？　あぁ、そう……ですね。多分、一生記憶に残る映画になったと思います」

綾香と手を繋いでいたせいで、内容が全く頭に入って来なかったとは言えず、晴翔は少し曖昧《あいまい》な表現で答える。

「東條さんはどうでした？」

「すっごく面白かった！　でも……」

「でも？」

「その……途中からは、あんまり……内容が分からなかった、かな」

その途中というのは、おそらく晴翔が仕返しを敢行した辺りだろう。

「そう……なんですね」

「うん……でも、私もこの映画は一生忘れないと思う」

照れながらもそう言う綾香。そんな彼女の笑顔に、晴翔は自分の心臓が高鳴るのを感じる。

「……一緒ですね」

「うん……一緒だね」

二人して恥ずかしそうに言い合った後、しばしの沈黙が流れる。

「あの、そういえば動物園の日程ですけど」

「あ、うん！　そうだね。それを決めないとね」

晴翔の言葉に、綾香は思い出したかのように頷く。

どちらかと言うと映画はついでで、こちらの方が本題なのだが、どうやら彼女は今までその事を忘れていたらしい。そんな綾香に晴翔は苦笑を浮かべる。

「東條さんは行きたい動物園とかあります？」

「やっぱり、動物と触れ合えるところに行きたいよね」

「そうですね」

綾香の意見に晴翔も頷く。

そもそも動物園に行くという話が出たのも、ホームセンターで綾香が子犬を見てはしゃいでいる姿が発端である。

「あの、ちょっと動物園とは違うのですが『どうぶつの森公園』に行くのはどうですか？」

「あ、それいいかも」

晴翔の提案に綾香も賛成する。

『どうぶつの森公園』とは、自然をテーマにした広大な敷地を有する公園で、その中には動物の触れ合いエリアの他に遊具が沢山あるアスレチックエリア、連日続く猛暑にはありがたい水遊びエリアなどがある。

「今回は涼太《りょうた》君も一緒なので、色々な遊びが出来た方が涼太君も飽きなくて楽しいかなと」

「うんうん！　そうだね！」

「それと、ここは芝生《しばふ》エリアもあるので、お弁当とかを持って行って芝生の上にシートを敷いて食べたりするのもありかなと」

「あり！　それ凄くあり！」

表情を輝かせて賛同する綾香。

「それじゃあ、行くのは『どうぶつの森公園』で決まりでいいですか？」

「うん！　決まりだね！　あとは日程だけど、大槻君はいつだと大丈夫？」

「そうですね。バイト以外はこれといった予定も無いので、バイトが休みの日ならいつでも大丈夫です」

「あ、そうだね」

晴翔のバイトという言葉に、綾香は少し申し訳なさそうな表情をする。

「休みの日も家に来てもらっていいのかな？」

晴翔のバイトは東條家の家事代行である。なので、休みの日にも東條家に来てもらう事に対して、綾香は少し後ろめたい気持ちがあるのかもしれない。

「いえいえ、全然問題ないですよ」

「本当に？　もし嫌なら遠慮なく言ってね？」

「全然！　自分も涼太君と遊ぶの楽しみにしてますし」

「大槻君がそう言ってたよって涼太に言ったら凄く喜ぶねきっと」

その時の涼太の反応を想像して、二人は「ふふっ」と笑い合う。

「それでは『どうぶつの森公園』に行くのは、来週の自分がバイト休みの時、でいいですか？」

「うん、大丈夫」

「じゃあ、当日は自分が弁当を作って、朝に東條さんの家に迎えに行きますね」

そう言う晴翔に、綾香は首を振る。

「お弁当を作ってもらうのは悪いよ。大槻君、その日は家事代行じゃないんだし、お弁当は私が作るよ？」

「いえ、大丈夫ですよ。自分、料理は嫌いじゃないので」

「でも……」

申し訳なさそうにする綾香。彼女は少し悩んだ後に、ぱっと何かを閃《ひらめ》いた様な表情をする。

「それじゃあ、朝一緒にお弁当を作るのはどうかな？」

「あ、それいいですね。そうしましょうか」

「うん！」

嬉しそうに頷く綾香。

こうして二人は、朝に一緒にお弁当を作り、涼太を連れて三人で『どうぶつの森公園』へ行く事に決定した。

その後、二人は弁当に入れる具材は何にするかなどを楽しく話し合った。そして、大体の話がまとまり、注文した飲み物も無くなったところで、カフェから出る。

「それじゃ……帰りましょうか」

「うん……そうだね」

カフェから出たところで、二人は一旦立ち止まる。

「……えと……」

綾香は何やら晴翔に言いたそうにしながら、両手を握ったり離したりする。そんな様子を見せる彼女に晴翔は首を傾げながら視線を向ける。

彼の視線を受けた綾香は、恥ずかしそうに顔を赤くする。

「どうかしましたか？」

「あのね……その……」

綾香は何かを言いかけ、しかし言葉に詰まったかのように再び口を閉ざしてしまう。そんな俯いてモジモジしている彼女の右掌は、先程から開いたり閉じたりを繰り返している。

その事に気が付いた晴翔は、綾香の望みを察してそっと自身の左手を差し出す。

「手、繋ぎましょうか？」

「え⁉」

晴翔の言葉に、綾香は驚いた表情で彼の顔を凝視した。

「その……またナンパとかされたら厄介ですし……東條さんが嫌じゃなければ、ですけど」

晴翔は少し綾香から視線を逸らし、恥ずかしそうに耳を赤くしながら控えめに左手を差し出している。

それを見た綾香は、満面の笑みを浮かべて飛びつく様に彼の左手に自分の右手を絡める。

「嫌じゃないよ！　全然嫌じゃない！」

彼女は晴翔の掌をギュッと握り締めて言う。

「そ、それじゃあ、家まで送って行きますね」

「うん、宜しくお願いします！」

弾《はじ》ける笑顔で綾香は晴翔に言う。

二人は手を繋いで家路につく。その姿は、通りすがりの人達から見れば、ナンパをしようなどという気も起きない程、仲睦《なかむつ》まじい恋人そのものに見えた。

君を想って夢をみる

　太陽はその姿を半分以上隠し、空を真っ赤《まか》に燃やしている。遠くの空に目を向ければ、紫色に染まっていて、夜の帳《とばり》が下りかけている。

　昼と夜の狭間《はざま》の時間帯に、晴翔は一人閑静な住宅街を歩く。

「東條《とうじょう》さんの手、柔らかかったな……」

　先程まで感じられていた彼女の温《ぬく》もりに、晴翔《はると》は自然と口元を緩める。

　映画を観ている時、そして綾香《あやか》を家まで送って行く最中、ずっと彼女に握られていた自分の左手を晴翔は目の前に持ってくる。そして、恋人繋《つな》ぎをしていた事実に嬉《うれ》しさと共に恥ずかしさも込み上げてきて顔を赤く染める。

「東條さんが彼女だったら、最高なんだろうな……」

　誰《だれ》もが振り返る様な美貌に、抜群のスタイル。そんな女の子を彼女に出来たら、優越感も計り知れないだろう。

　しかし、晴翔は綾香の見た目に関しては、そこまで特別な感情を持っていなかった。勿論《もちろん》、彼女の見た目がとても魅力的であるのは間違いないのだが、やはり晴翔が一番、綾香に魅力を感じたのは、彼女の持つ雰囲気であった。

家事代行を通して知った女の子らしい柔らかい雰囲気、学校での姿からは想像が付かないような乙女な綾香。そのギャップに晴翔は少し惹《ひ》かれ始めていた。

「でもまぁ、付き合うとかは無い……か」

今日一日を綾香と共に過ごし、晴翔は彼女から好印象を得ているという確信は持てた。だが、それが恋心なのかどうかまでは、正直なところ分からない。

まだまだ短い付き合いではあるが、それでもこれまでの関《かか》わりで、綾香が天然娘である可能性が高いと晴翔は予想している。

綾香が晴翔に向ける好印象は、友達としてのもので、異性としては認識していない。なのに、ラブとライクを勘違いして告白して撃沈、という可能性も十分に考えられる。

「そうなったら、その先の家事代行のバイトが地獄になるな……」

その時の事を想像した晴翔の背中は、真夏だというのにヒンヤリと冷たくなった。

「東條さんは、俺《おれ》の事……どう思ってんのかな……」

そう晴翔が小さく呟《つぶや》いたとき、ポケットの中のスマホがヴーヴーと振動した。もしかしたら綾香かもしれないと、慌ててポケットからスマホを取り出して、彼は通話を掛けてきた相手を確認する。そして、画面に表示されている赤城友哉《あかぎともや》という文字に一気にテンションが下がった。

晴翔は少し投げやりな手付きで画面をタップして友哉との通話を繋げる。

「ふざけんなよ友哉」

『はっ⁉　いきなりの罵倒《ばとう》かよ⁉　俺の事大好きかよ⁉』

八つ当たりをする晴翔に、友哉もなかなかに意味不明な返事をする。

「いきなり電話してきて、なんか用事でもあるのか？」

『いや、用事じゃなくてだな。実はハルにどうしても伝えておきたい事があって』

「伝えておきたい事？」

スマホ越しに、いつもの友哉らしからぬ真剣な声音が聞こえてきて、晴翔は眉《まゆ》を顰《ひそ》める。

「なんだ伝えておきたい事って？」

『実はな……今日、俺の家のな……』

友哉の家で何かあったのだろうかと、深刻そうな親友の声に晴翔は不安な気持ちになる。その気持ちを煽《あお》るかのように、友哉はゆっくりとした口調で話を続ける。

『夕飯が……すき焼きなのですッ‼』

シリアスな雰囲気から一変して、急に明るい口調で言う友哉の言葉に、晴翔は思わず自分のスマホを地面に叩《たた》き付けそうになった。

「てめぇッ‼　俺の心配を返せッ‼」

晴翔は何とかスマホを叩き付けるのを堪《こら》えて、代わりにスマホに向かって怒りを込めて叫ぶ。

『しかも！　使う牛肉はA5ランクですッ!!』

「やかましいわッ!!」

親友の謎《なぞ》の夕飯紹介に、晴翔は激しく突っ込みを入れる。

『いやぁ、今日お袋がデパートの景品で当ててよ。日本最高級黒毛和牛だぜ？　これはハルに自慢しなければと、そう思った次第ですよ』

「あぁそうかよ。良かったたな。じゃあな」

『ちょいちょい！　素っ気なさすぎね？　もっと羨《うらや》ましがってくれよ』

「どんなお願いだよそれ……」

晴翔は親友の言葉に呆《あき》れ顔を浮かべる。

『羨ましいだろ？　A5ランクだぜ？　やベーだろ？』

「はいはい、やベーやべー、あぁほんと羨ましいなー」

完全棒読みで言う晴翔に、それでも友哉は気分良くした様に言う。

『だろだろ？　羨ましいだろ？』

友哉は晴翔を揶揄《からか》う様に言葉を続ける。

『お前はどうせ今日一日参考書と睨《にら》めっこしてたんだろ？　そんな退屈な一日を送っているところに、俺は黒毛和牛ですよ。人生って不平等だよなぁ』

そう言い笑い声を上げる親友に、晴翔は若干カチンときてこめかみを引き攣《つ》らせる。

「本当に不平等だよな。東條さんと二人で映画を観に行ったから罰でも当たったのかな」

『だな、そりゃ罰があた……は？　東條さんと映画？　おい、何だよそれ！　聞いてないぞ！　詳しく聞かせろよッ⁉』

「お前には高級黒毛和牛が待ってんだろ？　あんま長々と通話しても悪いしな、そろそろ切るぞ。じゃあな」

『お、おい！　ちょい待てよ！　え？　デートしたのか？』

「まぁ、な」

『付き合ってるのか？』

「それは無い」

『なんでだよッ⁉』

半分叫び声の様な友哉の大声に、晴翔は思わず耳からスマホを若干離す。

『あの東條さんとデートだぞッ⁉　何で告白しなかったんだよ⁉　もったいないぞお前ッ！』

「もったいないって、お前なぁ……。耳痛くなるからあんまり大声出すなよ」

『大声出るだろ普通‼　相手はあの学園のアイドルだぞ⁉』

大興奮している親友に、晴翔は苦笑を浮かべる。

「そう、どんな男子が告白しても頷《うなず》かなかったあの学園のアイドルだ。だから一回くらいデートしただけじゃ告白しても玉砕するだけだよ」

『なら何度もデートに誘えよ！　てかハルは東條さんとこにバイトで通ってんだろ？　これはイケんじゃね？』

「別にそんな理由でバイトしてないから俺は。あくまで仕事は仕事だ」

何とも真面目《まじめ》な返事を返す晴翔に、友哉は溜息《ためいき》を吐《つ》く。

『つーかよ。その映画はハルが誘ったのか？』

「いや、東條さんから誘われた」

そう晴翔が返すと、少しの間黙り込んだ友哉が神妙な声で言ってくる。

『それさ、東條さんがお前の事好きって可能性もあるんじゃね？』

「…………な訳ないだろ」

晴翔が心の片隅で、僅《わず》かに抱いていた願望を友哉に言葉にされ鼓動が速まる。

『そうか？　でも仮に本当に東條さんがハルの事好きだとしたら、映画にまで誘ったのに告白しないのは逆に失礼じゃね？』

「お前はそう言って、ただ俺に告白させたいだけだろ？」

『まぁな』

何とも呑気《のんき》な返事をしてくる友哉に、今度は晴翔が盛大に溜息を吐く。

「お前はもう黙ってすき焼き食ってろ」

『おう！　モリモリ食べるぜ！　東條さんと何か進展あったら報告よろ！』

「ぜってぇーお前には言わねぇ」

晴翔は親友に捨て台詞《ぜりふ》を吐くと、そのまま通話を切った。

彼は暗くなっていく住宅街の細道を歩きながら、再び左手に視線を向けた。頭の中では先程言われた言葉がグルグルと駆け巡る。

『東條さんがお前の事好きって可能性もあるんじゃね？』

今日一日、楽しそうな表情を浮かべながら隣を歩く綾香を思い出す。

自分の意志を無視して勝手に上がる口角を人差し指と親指で強制的に元の位置に戻しながら、晴翔は一人呟く。

「なんか、今日の夢に東條さん出てきそう……」

呟きを漏《も》らした後、自分の発言内容に晴翔は更に顔を赤くするのであった。

※

大槻《おおつき》君と映画を観に行ったその日の夜。

寝る前の私は、ベッドの上で横になりながらスマホを開いた。

――今日、大槻君と映画を観に行きました!!

親友であり、恋愛の師匠でもある咲《さき》に、早速報告のメッセージを送信する。ついでに、ズビシッと勇ましく敬礼するクマのスタンプも送っておく。

するとすぐに咲から通話が来た。

私はスマホの画面をタップして通話を繋げると、弾んだような咲の声が飛び込んでくる。

『おめでとう！　どうだった大槻君とのデートは？』

「うん、成功……だと思う」

手まで繋げたし、これは成功って言っていいよね？

『おぉ！　やったじゃん！』

「うん、ありがとう！」

『それで？　今日のデートで大槻君との距離、少しは縮まったかね？』

「多分……手を繋ぐところまでは縮まったよ？」

『はっ⁉　え？　手？　え？　はッ⁉』

なんか咲が一文字以上話せない病にかかっちゃった。

『ちょっと待って？　え？　大槻君と手を繋いでデートしたの？』

「うん、映画を観てる最中も手を繋いでたよ？」

『ちょいちょいちょい！　なにそれ？　え？　もしかして、もう付き合い始めた感じ？』

咲の困惑した声に、私も困惑しちゃう。

「え？　いや、まだだよ？　咲がまだ告白するなって言ったから」

『お、おう……そうですか……まだ付き合っておらんのですか……』

咲の戸惑った反応に、私は少し不安になる。

「も、もしかして最初のデートで手を繋ぐのってダメだった？」

今まで一切《いっさい》の恋愛経験が無い私にとって、デートは未知のもので世間一般的な基準が分からない。この前咲に、漫画や小説は参考にするなって言われちゃったし。

『いや、ダメというか……いいというか……まぁ、ちょっと距離感がバグってるというか？』

「距離感がバグってる……」

やっぱり、最初のデートでいきなり手を繋ぐのは変だったかな？　ど、どうしよう……大槻君に変な奴《やつ》だと思われていたら……。

「さ、咲……私……やらかしちゃった？」

『や、まぁ……どうだろ？　取り敢《とあ》えず、どういった経緯で手を繋ぐまでに至ったの？』

咲に聞かれた私は、ナンパされてからの手繋ぎ、映画の最後で恋人繋ぎをした事まで洗いざらい話した。

『う～む、なるほどなるほど……』

「ど、どうかな？」

なんだか深く考え込む咲に、私の不安感はどんどん募っていく。

『綾香さんや、あなた随分と攻めましたな』

「……や、やり過ぎたかな?」

『まぁ、やり過ぎだね。漫画の世界じゃないんだから、いきなり恋人繋ぎとか、もうさっさとお前ら付き合っちゃえよ! ってなるね』

「え? もう私達……付き合えるのかな?」

今日みたいに、お出掛けする度に大槻君と恋人繋ぎして色々なところにデートに行って……想像しただけで幸せな気持ちになっちゃう。

『手を繋いだ時の大槻君の反応は悪くなかったんでしょ? ならまぁ、告白すれば成功する可能性は高いんじゃない?』

「じゃ、じゃあ! 明日告白を――」

『まてぃッ!!』

咲が鋭く私を制止する。

『告白が成功する可能性は高い、でもそれは百パーセントじゃない。それでも綾香はいいの?』

「え、でも……可能性が高いなら――」

『断られたら、そこで綾香の初恋はおしまい、だよ?』

咲のその言葉に、私の胸がズンッて重くなるのを感じた。

恋が終わる。

それはつまり、大槻君とデートする事も無いし、これ以上仲良くなる事も関係が深まる事も無い。今日みたいに、彼と手を繋ぐことも……無い。

そんな未来を想像しただけで、私の瞳《ひとみ》からは涙が溢《あふ》れそうになる。

「やだよ……それは絶対にイヤ」

『でしょ？　なら少しでも可能性は高めたいでしょ？』

「うん、でも……どうすればいいの？」

私の中には、素直に大槻君にこの気持ちを伝える。という方法しか思い浮かばない。

『あのね綾香。恋愛っていうのはね。攻めも大事だけど、たまには押すだけじゃなくて引く事も大事なのよ？』

「押すだけじゃなくて、引く？」

引くって、大槻君への気持ちを抑えるって事？

『今回のデートで、大槻君は綾香を意識したはずよ』

「そ、そうかな？」

『そうに決まってるじゃない。綾香に彼氏宣言されてからの手繋ぎでしょ？』

「あ、あれはナンパしてくる人がしつこくて……」

なんか、今あの時の事を思い返したら物凄《ものすご》く恥ずかしくなってきた……。

私が顔を赤くして悶絶《もんぜつ》しているところに、咲は確信めいて話してくれる。

『でも、映画を観終わった後も手を繋いだんでしょ？　しかも恋人繋ぎで。こんなん大槻君に、私はあなたが大好きです！　って明言してる様なものでしょ』

「そ、そんなぁ、大好きだなんて……そうなんだけど……大好きって……」

改めて言葉にされると凄く恥ずかしい。まぁ、好きなのは認めるけど、大好きはちょっとまだ……うふふ……。

『まったく、いきなり最初のデートで恋人繋ぎまでしたくせに、こんなんで照れてるんじゃないわよ』

「だ、だってぇ」

『はいはい、それでね。大槻君は綾香から好意を寄せられてるんじゃないかなって考えたはずよ』

咲は呆れた様な返事をして淡々と話を進める。

うぅ……私の恋愛師匠はスパルタだ……。

『でも、綾香の気持ちに確信は持てなかったはず。なにせ名目上は男除《よ》けだからね』

「う～ん。それと、押すだけじゃなくて引く事が大事って関係あるの？」

『おおありよ。確信が持てないと気になるでしょ？　俺の事好きなのかな？　いや、でも……みたいな感じで。そこでちょっと引くと余計に気になるものなのよ。あれ？　やっぱり俺の勘違いかな？　てね』

「それ、逆効果じゃない？　大槻君が私に興味を無くしちゃう」

それに、大槻君を好きだと自覚しちゃってる今、彼にそんな素っ気ない態度をとるのはかなりの苦痛になっちゃいそう。

『まぁ、やり過ぎは綾香の言う通り逆効果になるわね。でも、これが上手《うま》くいくと大槻君は綾香の事が気になって気になって、延々と綾香について考え込むようになるわ』

「大槻君が私について考え込む……延々と……」

『そう！　そしていつしか、大槻君の頭の中は綾香で一杯になるのよ！』

「大槻君の頭の中が私で一杯……私で、一杯……」

『そして、気が付けば大槻君も綾香の事が大好きになってるのよ!!』

「大槻君が……私を……だ、だい……うぅう〜……」

どうしよう！　大槻君から告白された時の事を想像したら、身体《からだ》が勝手にクネクネしちゃう！

『という訳で、これからも大槻君には積極的にアピールをする。でも、時折すこし引いてみる。絶えず大槻君の心を揺さぶり続けるのよ！　分かった？』

「うん！　分かった！　そうしたら大槻君は私の事好きになってくれるんだよね！」

『まぁ、絶対ではないけどね』

もしかして、今も大槻君は私の事を考えてたりしてくれているのかな？

もしそうなら、凄く嬉しいなぁ。

「私、頑張る！　大槻君を押して引いて揺さぶる‼」

『そうね。まぁ今の綾香は大槻君大好きマンになってるから、引いてるつもりが押しているとかになりそうだけど、それもありかも知れないわね』

「お、大槻君大好きマンって……私はウーマンだよ？」

『……そうね。まぁ、また何かあれば相談に乗るから』

「うん、ありがとう」

『どういたしまして。それじゃあ、おやすみ』

「おやすみなさい」

就寝の挨拶《あいさつ》を交わして、私は咲との通話を終了する。

押すだけじゃなくて引くのも大事かぁ……恋愛って難しいなぁ。でも……。

もしそれが上手くいってこの恋が実れば、また大槻君と手を繋いでデートが出来る。

その時は、本物の恋人として。

そうしたら、色々な所に行きたいな。

ショッピングを一緒にしたり、海にも行ったり……映画だってまた二人で観たい。その時はもちろん手を繋いで。

大槻君の手、大きくて温かかったなぁ……。

私はベッドに横になりながら、大槻君の手の感触を思い返す。

優しく包み込む様な手。

好きな人の、想い人の手。

繋ぐだけでこんなにも心がドキドキして、でも安心感もあって幸せになる。繋いでいる手を通して、全身が喜びで満たされる。

私は段々と深くなっていく微睡《まどろみ》のなか、大槻君と繋いでいた右手を胸に抱き寄せて、自分の左手で包み込む。そうする事で、夢でも彼に会える気がして……。

今日は人生で一番、幸せな日だったかもしれない。でも、もし彼と付き合えたら、恋人になれたら、今日の幸せなんか簡単に超えちゃうんだろうなぁ。

そんな未来を夢見ながら私はゆっくりと瞼《まぶた》を下ろし、胸に抱いた右手のお守りを信じて、幸せな一日の続きを夢に託した。


――夢でも君に、逢《あ》えたなら……。

あとがき

お読み下さり有難うございます。作者の塩本《しおほん》です。

唐突ですが、ここで一つ、本作にも登場した『冷やしおでん』について、ちょっとした小話をしたいと思います。

あれは、寒さが骨身に染みる十二月のとある土曜日。

私はいつもの様に、仕事に行く妻を見送った後、朝食の食器を洗い洗濯機を回し、掃除機をかけて風呂掃除をしてと、いつも通りの休日を過ごしていました。

そして、昼も過ぎてそろそろ洗濯物を取り込もうと外に出た時、ヒンヤリと冷たい風に包まれました。その瞬間『おでん食べたいなぁ』という気持に支配された私は、その日の夕飯の献立を『おでん』に決定し、さっそく近くのスーパーでおでんの素と食材を買い、鍋でグツグツと煮込みながら妻の帰りを待ちました。

そして、仕事から帰ってきた妻と一緒に、夜のバラエティ番組を見ながら、おでんを食しました。

その日の出来事や仕事の話など、他愛もない会話をしながら妻との夕食を楽しんでいる時、私は「おでん美味しい?」と尋ねました。すると妻はテレビを見ながら「うん。おいしいよ」と答えてくれました。

その瞬間、私は何故だかスイッチが入ってしまいました。

妻が目を見開き、テレビの事など忘れてしまう程夢中になる究極の『おでん』を作りたいと。

その日を境に、私の究極のおでん探求の日々が始まりました。

出汁を取るかつお節と昆布に拘り、その出汁の取り方にも拘り、入れる具材に拘り、煮込み方にも拘りました。かつては、土曜日の夕方から作ってその日の夕食で食べていたおでんは、いつしか、金曜日の夜から仕込みを始め、食べるのは日曜日の夜となっていました。

皆さまは知っていますか？　味は過熱して煮込んでいる時より、冷える時によく染みるらしいですよ？　私はこの事を究極のおでん探求の道すがら知りました。

そんなこんなで、私の休日と、へそくりを惜しみなくつぎ込んだ究極のおでん作りは、寒さが和らぐ三月ごろに、ようやく納得のいく出来栄えとなりました。

何度も試行錯誤を繰り返し、ついに、妻が一口大根を食べるなり「うまッ」と驚きの表情を見せたのです。

私は大きくガッツポーズをして全力のドヤ顔を妻に見せつけてやりました。

それから数週間後、一週間の仕事を終えた金曜日の夜。

私は再びおでんを作ろうとルンルン気分で台所に立ち準備をしていると、その姿を見た妻が「え？　こんな暖かい日におでん？」となんとも微妙な表情で私を見てきました。

気が付けば暦は四月、桜舞い踊る春爛漫。おでんを食べるには季節外れとなっていました。

私はおでん用の寸胴鍋を抱えたまま、絶望に満ちた表情で妻を見ました。

「もう、おでんの季節じゃない？」

「まぁ、ね。また寒くなったら作ってよ」

優しくも絶望的な言葉を告げる妻。

何故だ！　何故おでんは寒くないと食べちゃいけないんだ‼　せっかく究極のおでんに辿り着いた私は、どうしてもおでん作りを諦めきれず、ネットで『夏、おでん』と検索しました。

そこでヒットしたのが『冷やしおでん』という訳です。

皆さまも、おでんは寒い冬に食べるものという固定概念を捨てて、一度『冷やしおでん』を作ってみてはいかがでしょうか。汗をかいて喉が渇いた時に飲む、冷えた出汁というのは格別の美味しさがあるのでお勧めです。

と、ここまで『冷やしおでん』について語ってきました。が、究極のおでんだ何だと言いながら、結局私が一番好きなのは、コンビニのおでんだったりします。

深々と降り積もる雪の中で、白い息を吐きながら、ハフハフして食べる大根が最高です。柚子胡椒バンザイ。

ファンレター、作品の
ご感想をお待ちしています

〈あて先〉

〒105-0001
東京都港区虎ノ門2-2-1
ＳＢクリエイティブ(株)
GA文庫編集部 気付

「塩本先生」係
「秋乃える先生」係

本書に関するご意見・ご感想は
右のQRコードよりお寄せください。

※アクセスの際や登録時に発生する通信費等はご負担ください。

https://ga.sbcr.jp/

家事代行のアルバイトを始めたら学園一の美少女の家族に気に入られちゃいました。

発　行　　2024年4月30日　初版第一刷発行
著　者　　塩本
発行者　　出井貴完

発行所　　SBクリエイティブ株式会社
〒105-0001
東京都港区虎ノ門2-2-1

装　丁　　AFTERGLOW

印刷・製本　中央精版印刷株式会社

ISBN978-4-8156-2412-5
Printed in Japan　　GA 文庫

試読版は
こちら!

本物のカノジョにしたくなるまで、私で試していいよ。

著：有丈ほえる　画：緋月ひぐれ

GA文庫

恋愛リアリティ番組『僕らの季節《ボクセツ》』。この番組では、全国の美男美女の高校生が集められ、甘く爽やかな青春を送る。全ての10代が憧れるアオハルの楽園。――そう、表向きには。その実情は、芸能界へ進出するために青春を切り売りする偽りの学園。

蒼志もまた、脚本通りで予定調和の青春を送っていく……はずだった。

「決めたの。――ボクセツで、本物の恋人《カノジョ》を選んでもらおうって」

初恋を叶えに来たというカレン。脚本上で恋人になるはずのエマ。そして秘密の関係を続ける明日香。カメラの前で淡い青春を送る傍ら、表には出せない不健全な関係が交錯し、欲望の底に堕ちていく。今、最も危険な青春が幕を開ける。

マッチングアプリで出会った彼女は俺の教え子だった件

著：箕崎准　画：塩こうじ

GA文庫

友人の結婚を機にマッチングアプリをはじめた高校教師・木崎修吾《きざきしゅうご》。そんな彼は、ひょんな事からアプリでも指折りに人気（「いいね」の数が1000超え）な美少女「さくらん」と出会う。というか彼女・咲来《さくら》は――教え子（高校生）だった！？

「センセーはアプリ舐めすぎ！　しょうがないからセンセーがアプリでモテる方法、教えてあげる！」


咲来の危機を救い、そのお礼にとアプリで注目される秘訣を教わることになった修吾は、理想の相手を捜し求め、マッチングアプリという戦場を邁進するのだが――！？

『ハンドレッド』シリーズの箕崎准《みさきじゅん》が贈る、恋活指南＆ラブコメディ！！